시절
언어

희망을 부르는
따뜻한 허밍

시절 언어

김준호 지음

포르체

목차

3장 가을 ∘ 나의 행복, 나의 언어

인생을 그리는 물감

"이렇게, 이렇게, 이렇게~! 참 쉽죠?"

성우의 목소리로 더빙이 되긴 했지만, '밥 아저씨' 밥 로스의 친근함과 특유의 스웩은 잊히지 않는 장면이 되었습니다. 새하얀 캔버스는 화가의 부드러운 붓놀림에 조금씩 완성되어 그림으로 채워져 갑니다. 어린 시절 마냥 신기해하며 넋 놓고 보곤 했던 장면입니다. 몇해 전, 밥 로스의 타계 소식을 접한 저는 돌연 이런 생각이 들었습니다. 인생은 한 편의 그림을 그려 나가는 과정이 아닐까?

그림을 수도 없이 반복해 그려 봤다면 밥 아저씨처럼 쉽게 수정해 내고 마음먹은 대로 완성해 나갈 수 있을 겁니다. 하지만 캔버스에 이미 그은 선은 되돌릴 길이 없고, 마음에 들지 않는다고 해서 캔버스를 새것으로 교체할 수도 없습니다.

두려움 때문일까요. 우리는 한두 번 실패한 붓질에 연연해 그림 전체를 망치고 마는 삶을 제법 자주 목도합니다. 몇 번의 붓질이 어긋났다 해도 우리에게 여전히 희망은 있습니다. 밥 아저씨의 유화처럼 새로운 색과 패턴으로 다시 그려 나갈 기회와 시간이 아직 남았습니다.

밥 로스는 방송 프로그램 〈그림을 그립시다〉에서 말했습니다.

"어둠을 그리려면 빛을 그려야 합니다. 빛을 그리려면 어둠을 그려야 하고요. 어둠과 빛, 빛과 어둠이 그림 속에서 반복됩니다. 빛 안에서 빛을 그리면 아무것도 없지요. 어둠 속에서 어둠을 그려도 아무것도 안 보입니다. 꼭 인생같지요. 슬플 때가 있어야 즐거울 때도 있다는 것을 알게 됩니다. 그리고 저는 지금, 좋은 때가 오길 기다리고 있어요."

들어가며

아파 봐야 타인의 고통을 이해할 수 있습니다. 행복과 불행은 빛과 그림자와 같기 때문입니다. 우리가 반짝이는 별빛을 볼 수 있는 건 깜깜한 밤하늘이 존재하는 덕분입니다.

세상에는 비슷하게 시작해 같은 결말을 맺는 이야기가 많습니다. 멀리서 보면 다 똑같은 그림처럼 보이듯 말입니다. 하지만 자세히 들여다보면 완전히 같은 이야기는 없습니다. 완벽히 일치하는 삶도 없습니다. 우리는 누구나 각자의 캔버스에 자기만의 이야기로 그림을 그리며 살아갑니다.

우리의 이야기는, 그림은 아직 완성되지 않았습니다. 우리는 굳은 붓끝을 야무지게 빨고 다듬어 새로운 획을 그어 나가야 합니다. 새로운 색으로, 또 다른 붓놀림으로 서툴게 어긋났던 지난 밑그림은 과감하게 덮어버리고, 어제와 다른 그림을 향해서요. 인생을 어떤 이야기로 완성해 나갈지는 우리의 선택에 달렸습니다.

12월, 또 한 번의 봄을 기다리며
김준호

인생을 그리는 물감

1장 봄

희망을 말하면 희망이 보인다

희망은
별 뉘 같은 것

지상파 방송 모두가 동시에 같은 화면을 보여 주는 유일한 시간이 있다. 바로 국제 스포츠 이벤트다. 특히 월드컵 본선 무대는 경쟁하듯 같은 화면을 송출하며 치열하게 해설한다. 한 캐스터가 외쳤다.

"16강, 실낱같은 희망을 기원하며 간절한 마음으로 여러분과 함께합니다."

2002년 월드컵을 제외하고 대한민국 축구가 '경우의 수'를 따지지 않았던 적이 있었을까. 무려 20년이 흐른 2022년 월드컵은 그 정점을 보여 줬다. 경우의 수가 보여준 기적 같은 순간을 전 국민이 목도했다. 마지막 한 경기를 앞둔 한국이 16강에 올라갈 확률은 단 9퍼센트였다. 거실에서 애타게 응원하는 가족들을 뒤로하고 홀로 TV를 켰다. 나의 비관을 현실로 확인하며 전능감을 느끼겠다는 심산이었다.

올림픽 때마다 매번 사람들이 이야기하는 메달의 색에 연연하지 말자는 말처럼, 마지막 한 경기에 최선을 다하는 모습으로 충분하다고 생각했다. 그럼에도 스멀스멀 피어오르는 그 '실낱같은 희망'이 어느새 나를 침대에서 일으켜 세워 종종걸음을 치며 두 손을 모으게 만들었다. 마침내 이루어진 극적인 역전, 종료 휘슬을 기다리는 추가 시간에는 어느새 가족들과 뒤엉켜 소리를 내지르고 있었다.

"버텨! 조금만, 조금만 더 힘내!"

같은 조 다른 팀의 결과를 기다리다 16강이 확정되는 순간, 나는 울었다. 고작 축구 경기 하나에 눈물을 흘리다니. 머쓱했지만, 너무나 행복했다. 16강전이 펼

희망을 말하면 희망이 보인다

쳐졌던 날은 아버지가 두 번째 항암 치료를 마치고 퇴원하신 날이었다. 희박하더라도 희망을 이야기하던 때였다.

승리의 여운이 채 가시지 않은 아침 출근길, 해가 구름 뒤에 가려져 있었다. 커다란 구름의 가장자리를 따라 반짝이는 은색 선이 큰 원을 그렸다. 영미권에서는 이를 실버라이닝 Silver Linings, '희망'이라 부른다. 이보다 더 완벽한 은유가 있을까? 원래 희망은 '실낱' 같다고 하지 않는가.

영화 〈실버라이닝 플레이북〉에는 사별과 이별의 아픔 속에 허우적대던 남녀가 우연히 만나 새로운 '꿈'을 꾸는 과정이 그려진다. 여기서 '플레이북'이라는 단어는 영화 각본을 그림으로 표현한 책을 뜻한다. 영화는 제목만으로 이미 '희망'의 속성에 가까이 가 있다. 선명하게 실체를 갖춰 눈앞에 그려지거나 떠오른다면 그건 이미 '희망'이 아니기 때문이다. 영화 속 주인공들 역시 자신의 삶에 휘몰아친 엄청난 파도 앞에 길을 잃고 방황한다. 새로운 삶과 사랑 앞에 주저하는 아들을 향해 아버지는 이렇게 외친다.

"누군가 손을 내밀려 할 때 마음을 알아채는 게 중요해. 내민 손을 잡아 주지 않는 건 죄악이고, 평생 후회하게 될 거야. 지금 여기 이 순간에 찾아오는 인생의 큰 변화와 마주해야 돼!"

희망이란 '볕뉘'다. 항상 주의 깊게 찾아 나서고 그 행보를 주시해야 한다. 마음 속에서 구체화하지 못하는 희망은 구름 가장자리에 머문 은색 선과 같다. 때를 놓쳐 해가 지고 나면 영영 찾을 수 없기 때문이다. 먹구름이 눈앞을 가려 한치 앞을 내다볼 수 없는 절망 속에 있는가? 그렇다면 그때야 말로 희망을 찾을 때다. 희망이 없다고 가정하면 희망이 없다고 확신하게 된다. 경우의 수는 항상 존재한다. 대한민국 월드컵 역사처럼 말이다. 우리는 많은 순간 실패하는 것이 아니라, 삶을 끝까지 살아 내는 성공의 과정에 있을 뿐이다.

삶은 어디선가 작고 가늘게 빛을 내고 있을 우리의 볕뉘*, 희망을 찾는 여정일지 모른다. 희망은 항상 먹구름 너머에서 희미한 손길을 내밀고 있다. 이윽고 우리가 힘차게 손을 뻗어 맞잡아 주기를 기다리며.

---

* 작은 틈으로 잠시 비쳐 드는 햇빛을 의미하는 순우리말

|바|꿀| |수| |있|는| |것|은|
|오|직| |오|늘|뿐| | | | |

3기 암 판정을 받으신 아버지는 세 번째 항암 치료를 마쳤지만 결국 관해에는 실패했다. 담당의는 한 번 더 검사해 보고 최종 결정을 하자고 했다. 입원을 위해 병원 로비에 들어선 순간 낯선 장면이 펼쳐졌다. 사람들이 모여 한곳을 바라보고 있었고, 그 시선 끝에는 서로 다른 길이의 반짝이는 막대를 든 아직은 앳된 젊은이들이 있었다. 그들의 막대에선 비틀즈의 〈Yesterday〉가 기준층에서 정확히 3칸 간격으로 화음을 쌓으며 제각기 하나의 곡으로 흘러나오고 있었다.

　입원 수속을 위해 긴 대기 번호를 기다리며 물끄

러미 그 장면을 귀에 담았다. 병원에서 내원객들과 환자들을 위해 매주 목요일 점심시간에 진행하고 있는 공연 이벤트였다. 잠시 음악에 발길이 묶인 인파 주변으로 목적지 없는 휠체어들이 춤추듯 방황했다. 외출이 금지된 환자들이 답답함을 조금이나마 해소하기 위해 간병인의 의지에 따라 나들이 아닌 나들이를 하는 시간이다. 휠체어에는 대개 항암 치료를 위해 주렁주렁 흰 액체 주머니가 달렸다. 공간을 채운 화음 속 어딘가를 향해 그들의 시선은 맥없이 던져지고 있었다. 마치 내일에 대한 희망이 없다는 듯…. 귀에 담긴 장면이 마치 앵커의 프롬프터*가 올라가는 것처럼 가사로 눈앞에 펼쳐졌다.

갈 길 잃고 공전하는 휠체어들과 아버지의 주름지고 검버섯 핀 얼굴을 번갈아 바라보았다. 생사의 기로에 선 이들이 다다른 곳에, 기한을 다해 가는 육신의 치료를 위해 찾는 곳에서 하필 〈Yesterday〉라니. 아무리 가사 없이 연주된다 해도 철없는 선곡이라는 생각에 번뜩 정신이 들었다.

다행히 여든을 훌쩍 넘긴 아버지는 그래도 노래에

---

*   방송 원고를 화면에 띄워 진행자의 말 속도에 맞춰 올려 주는 장치

                                             희망을 말하면 희망이 보인다

서 희망을 보신 것 같았다. 흐르는 그 선율이 품은 가사도, 그 가사에 담긴 의미도 모르셔서 다행이라고 생각했다. 아버지께서 천진난만한 표정으로 금식이 끝나는 시간을 물어 보시는 걸 보니 마음 저 깊은 구석에서 살금살금 고개를 들던 불안이 잠잠해지는 듯했다.

　　'그래, 아직 아버지는 두 발로 걸으시고, 음식을 씹으시며 그 맛을 음미하고, 말짱한 정신과 언어로 내게 희망의 눈빛을 주고 계신다. 그걸로 족하다. 적어도 오늘 난 행복하다.'

　　눈앞에 펼쳐진 프롬프터가 마지막 문장을 띄울 때, 마침 층층이 쌓여 공간을 채우던 연주도 마무리가 되고 있었다. 지난날이 자꾸만 그리워진다는 가사와 함께였다.

　　그래, 시간이 지나면 오늘 이 순간이 그리워지겠지. 결국 오늘은 우리가 내일 그리워할 바로 그 지난날이 될 테니까. 흘러간 과거는 되돌릴 수 없고, 오지 않은 미래를 결정할 수는 없다. 지난 일을 곱씹거나 일어나지 않은 앞날을 걱정하며 현재를 의미 없이 소모하는 것만큼 어리석은 일이 있을까. 우리가 바꿀 수 있는 것은 오직 오늘뿐이다. 지금 이 순간을 충실히 살아 내야 할 유일하고 명백한 이유다.

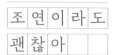

조연이라도
괜찮아

"우리에게 필요한 것은 영웅이 아니다. 우리가 찾
아야 할 것은 좋은 생각이다."

언어학자 노암 촘스키가 한 말이다. 좋은 생각에서 좋
은 말이 비롯되고, 선한 영향력을 지닌 스토리가 되며,
이는 곧 누군가가 좋은 사람으로 가는 과정이다. 좋은
사람은 좋은 어른으로, 좋은 선배로, 좋은 부모에서 좋
은 노인으로 그렇게 익어 간다. 동어 반복 같지만, 좋은
사람의 말이 좋은 말이 되며, 좋은 사람의 의지는 좋은
행동이 된다. 그리고 이는 모두 좋은 생각에서 비롯한

다. 말을 조심하기에 앞서 생각을 조심해야 할 이유다.

노암 촘스키에서 출발한 생각이 여기에 미치자 생각의 곁가지에 이런 의문이 달렸다. 항상 좋은 생각과 선한 영향력을 불어 넣는 역할을 하는 이는 왜 주인공이 아닌 조연일까? 수십 번을 봐도 질리지 않는, 요즘 말로 내 '최애' 영화인 〈반지의 제왕〉시리즈만 해도 그렇다. 원작 소설과 영화가 수십 년에 걸쳐 꾸준한 사랑을 받는 이유 중 하나는 등장인물들이 제 역할을 충실히 하고 있기 때문이다.

〈반지의 제왕〉의 주인공은 신체적으로 열등한 호빗족 청년 프로도다. 악의 군주 사우론의 절대 반지를 파괴하는 사명을 짊어진 프로도는 원정대와 함께 여정을 떠난다. 끊임없는 위험과 두려움에 자신의 운명을 받아들이기 힘겨워한다. 그런 그의 곁에는 프로도를 위해서라면 자신의 목숨까지 내던질 친구 샘이 있다. 그러나 마지막 순간의 과제는 혼자 해내야 함을 깨달은 프로도는 스스로 운명 속으로 깊숙이 들어간다. 평화롭고 아름다운 자신의 고향과 사람들의 삶을 지켜내기 위해서다.

사회적 약자는 작다. 꿈을 이루기 전까지는 루

저 Loser라는 오명을 쓰고 산다. 하지만 꿈을 이룬 보통의 존재는 누군가에게 큰 희망이 된다. 수잔 보일, 폴 포츠, 허각에 보낸 대중의 열광이 그랬듯이 말이다. 다만 세상에서는 크고 강한 것이 이기는 경우가 많다. 우리 모두는 그것을 잘 알고 있다. 그렇기에 삶에서는 나의 이야기를 만드는 것이 중요하다. 우리는 각자의 앞에 놓인 암울한 현실을 하나의 이야기로 풀어내며 그 속에서 희망을 찾는다. 이야기를 통해 새로운 세계를 구축하고 그 세계에 주변 사람들을 등장시킨다. 이야기는 우리가 진취적인 삶을 살 수 있도록 도와준다.

9.11 테러 현장에서 조지 W. 부시 대통령이 구조원의 어깨를 감싸는 장면은 모든 미국인의 머릿속에 큰 각인을 남겼다. 절망의 폐허를 딛고 일어서야 한다는 열정을 불러일으킨 것이다. 모든 미국인 개개인이 충격과 아픔을 극복해야 할 임무를 부여받은 영웅이 되는 순간이었다. 현장의 구조 대원들과 자원봉사자들, 이들의 모습을 부각하는 국가 수장까지 조력자의 역할을 충분히 해낸 셈이다.

〈반지의 제왕〉에서 프로도가 힘겨워 쓰러질 때마다 포기하지 말라고, 사랑하는 고향을 지켜 달라고 외치며 스스로를 희생해 용기를 북돋우는 조연 샘의 역할과 같다. 영웅을 영웅이게 하는 조력자는 어쩌면 또 다른 영웅이 아닐까.

역사에는 조연이 진정한 영웅이 되는 수많은 일화가 존재한다. 대표적인 인물이 영화 〈아마데우스〉의 궁정 음악가 안토니오 살리에리다. 볼프강 아마데우스 모차르트의 천재성을 시기해 그를 죽음에 이르게 한 인물로 그려지지만, 실제 역사는 다르다.

　살리에리는 어려서부터 음악에 뛰어난 재능을 보였고, 14살에 오스트리아에 진출한다. 이후 비엔나 최고의 음악가임을 뜻하는 '카펠마이스터'가 되었을 때는 불과 38살이었다. 그의 가장 큰 업적은 교육이다. 살리에리는 베토벤에게도 많은 가르침을 주었다고 한다. 심지어 모차르트의 사망 후, 그의 부인인 콘스탄체는 아들의 음악 교육을 살리에리에게 청했다. 최고의 궁정 음악가이자 수많은 음악가의 스승이기도 했던 살리에리는 오히려 모차르트의 롤 모델이었다는 해석도 존재한다.

　모차르트의 독살설은 사망 직후 빈 음악계에 떠

돈 풍문이었다. 풍문은 으레 그렇듯 사람들의 입을 옮겨가며 풍선처럼 부풀었다. 모차르트는 죽기 전 "누가 나에게 독을 먹이는 것 같다."라고 의심했으며, 살리에리 본인조차 치매에 걸려 "내가 모차르트를 죽였다." 라는 혼잣말을 되뇌었다. 이런 의혹을 바탕으로 러시아의 문호 알렉산드르 푸시킨은 살리에리 사후 6년 만에 희곡 〈모차르트와 살리에리〉를 만든다. 이 희곡에서 살리에리는 천재를 질투하다 살인을 저지르는 인물로 나타난다. 이 희곡은 다시 영국 극작가 피터 셰퍼의 희곡 〈아마데우스〉가 되고, 이후 동명의 영화로 탄생하게 된다.

모차르트는 뛰어난 재능을 펼치며 대중의 인기와 동료들의 시기를 받다 독살된 천재로 기억된 반면, 그에 못지 않은 재능과 업적을 가진 살리에리는 시기에 눈먼 간신이자 살인자로 기억된다. 살리에리의 마음을 가늠할 수 없으나 역설적으로 그는 훌륭한 조력자가 된 셈이다. 과연 영웅은 모차르트인가? 살리에리인가? 아니, 이렇게 묻는 게 맞겠다. 과연 영웅을 영웅이게 하는 조력자는 살리에리인가, 모차르트인가? 분명한 것은 그들이 서로에게 유익한 존재였다는 점이다.

진정한 영웅과 조력자는 경쟁자이자 친구, 때로는 서로의 스승이 되기도 한다. 우리의 삶이 조연일지라도 충분히 괜찮은 이유다. 좋은 생각을 선한 영향력으로 실천할 때 우리는 주인공 그 이상의 존재가 된다. 우리가 경계할 것은 형편없는 조력자를 곁에 두는 것이다. 그들은 부정의 씨앗을 생각에 심고 이내 삶의 희망마저 침식시키는 존재이기 때문이다.

희망을 말하면 희망이 보인다

대	도	무	문
大	道	無	門

내가 고등학교를 다닐 때만 해도 교내 방송반을 하려면 성적이 좋아야만 했다. 그것은 90년대 사회를 지배하던 '특권'의 영향이었을 것이다. 일정 이상의 성적이 아니면 방송반에 지원조차 하기 힘들었다. 어려운 관문을 뚫고 들어간 방송반에는 동네에서 수재 소리를 듣던 선배 K가 있었다. 그는 처음부터 말 한마디, 행동 하나하나가 뭔가 달랐다. 그 카리스마에 반했고, 그는 곧 나의 롤 모델이 되었다.

공부는 뒷전에 두고 방송반 친구들과 퀸의 음악에 심취하던 어느 날이었다. 등굣길 교문 앞에서 마주친

K 선배가 무슨 일인지 학교로 들어서지 않고 우두커니 서 있는 게 아닌가. 이른 시간이긴 했지만 분명 교문은 열려 있었다. 나는 선배에게 왜 들어가지 않고 서 있는 지를 물었다. 이후 돌아온 선배의 답에 난 묘한 경외심 을 느꼈다.

"큰 문이 닫혀 있잖아. 난 절대 작은 문으로 드나들 지 않아. 마찬가지로 골목길로도 다니지 않지. 준 호야! 너도 앞으로 절대 쉽게 순응하지 말고, 네가 옳다고 생각하는 것을 기다려. 알았지?"

당시 선배의 그 말이 머릿속에 한참을 맴돌았지 만, 정확히 무엇을 말하는지 몰랐다. 내가 고등학교에 입학했을 때 대입을 코앞에 둔 고등학교 3학년이던 K 선배는 그해 연말, 우리 학교에 몇 없던 서울대학교 합 격자가 되었다. 호기롭던 태도도, 남들이 선망하는 서 울대생이라는 명예도 그저 멋있었다.

대도무문大道無門. 선배가 말한 것이 이 의미임을 아 는 데는 오래 걸리지 않았다. 우습게도 국내에서 주가 를 올리던 이연걸이 주연한 동명의 홍콩 액션 영화가

희망을 말하면 희망이 보인다

개봉했기 때문이다. 고故 김영삼 전 대통령이 붓글씨로 즐겨 쓰기도 했던 이 사자성어는 《선종무문관》에 나오는 말이다. 보통은 선종의 핵심을 다룬 책의 맥락을 감안해 해석되고 있다. "불경을 포함해 주변 사람들의 말에 흔들리거나 돌아보지 말고 수련에 정진해 자신만의 도를 깨우쳐라."라는 의미다.

아무리 천재 소리를 듣던 선배였다고 해도 불교에서 말하는 이러한 수행의 진리를 알았을까 싶다. 아마 학업에 정진하던 인내의 시간이 만들어낸 그만의 철학이었을 것이다. 대도무문. 무턱대고 다른 사람이 열고 나간 길을 따라 나서는 우愚를 범하지 말라는 본래의 뜻과 같다면 지나친 해석일까. 김영삼 전 대통령에게 '대도무문' 휘호를 선물 받은 빌 클린턴 전 미국 대통령이 의미를 궁금해하자, 당시 비서관이 전한 의역은 이랬다.

"A freeway has no tollgate(고속도로에는 요금 정산소가 없다)."

바른 길로 나아가려 꾸준히 노력하고 정진하는

것. 깨달음과 진리에 이르는 데는 정해진 길이나 방식이 없음을 K 선배는 분명 알았을 것이다. 큰 문과 큰길로만 다닌다는 극적인 행동을 통해 더 큰 세상으로 나가기에 앞서 호기롭게 희망을 마음에 새겼을 것이다.

다시 떠올려 보면 선배는 나보다 키도 체구도 작았다. 항상 짧게 자른 까까머리를 하고 단단한 하관과 뒷모습이 매력적이었던 선배. 지금은 어떤 길을 걷고 있을까. 그가 꿈꾸던 강호江湖에서 자신만의 길을 개척하고 있을까.

과거는 닫혀 있는 문이다. 현실에서 우리가 만나는 선택의 문제들은 어쩌면 새로운 문들이 아닐까. 미래를 열어 주는 문. 닫힌 교문이 열리기를 기다리던 선배에 관한 오래된 기억을 뒤로 하고 내 앞에 펼쳐질 수많은 문을 생각해 본다. 미래를 향해 열린 가능성과 기회를.

희망을 말하면 희망이 보인다

"준호씨, 잘못했으면 잘못했다고 하면 되고, 아니
　　면 아니라고 하면 되는 거야."

오랜 친구로 지낸 배우 E에게 언젠가 딱 한 번 화를 낸
적이 있다. 그 상황을 지켜본 또 다른 지인은 내게 위와
같이 일침했다. 그 사건들 사이의 공백은 무려 2년 여
의 시간. 이유는 나의 고집이 명백하게 옳은 조언을 순
순히 받아들이지 못했기 때문이었다.
　　속된 말로 '곤조'라는 표현을 쓴다. 일본어의 잔재
로 '고집'을 의미한다. E와 언쟁을 한 다음 날에 잘못

은 내게 있음을 깨달았지만, 그때의 난 받아들이지 못했다. 원인을 제공한 것이 E라며, 그를 탓하고 싶은 마음이 앞선 탓이었다. '내가 잘못하긴 했지만, 그 친구가 먼저 무례하게 말했어. 연예인이 마치 벼슬이라도 되는 듯 굴었단 말이야!' 나의 또 다른 자아가 끊임없이 이렇게 말하고 있었다.

'토를 달다'라는 표현이 있다. 한문 구절 끝에 붙여 읽는 우리말을 가리킨다. '토' 혹은 '토씨'는 결국 한자를 읽을 때 멋을 부리기 위한 조사인 셈이다. 불필요하거나 부차적인 글자를 더한다고 더 좋은 뜻이 되거나 본질에 영향을 미칠 수 없다.

명확한 의사 표현을 원하는 이들에게 하고자 하는 말을 25글자 이내로 정리해 보라고 조언해 왔다. 크게 부족하지도 많이 넘치지도 않게 말이다. 짧다고 미덕인 것도 아니며, 길다고 주제를 더 명확하게 드러낼 수 있는 것도 아니다. 못하겠다면, 그 말은 넣어 두는 것이 좋다. 정리되지 않은 마음과 생각은 많은 시간이 주어진다 해도 그 의미를 정확히 전달할 수 없기 때문이다.

그때는 왜 사과도 같은 것임을 몰랐을까. 자신의 잘못을 지우고 싶은 마음에 토를 다는 행위는 본질을

희망을 말하면 희망이 보인다

흐리고 문제를 해결할 기회마저 빼앗고 만다. 자신에게든 타인에게든 혹은 어떤 일에서든 다음을 기약하고 싶다면, 차분하게 상황을 돌아보아야 한다. 그러고 나서 잘못한 것은 사과하고, 아닌 부분에 관해서는 함께 이야기하면 된다. 하지만 옳은 조언에 대해 자꾸 토를 달고 싶어진다면, 때론 침묵의 힘을 빌리는 것도 필요하다.

몇 해 전 석촌 호수에 자리 잡은 노란색의 거대한 오리 풍선을 보며 감탄한 적이 있다. 당시에는 그저 아이들을 위한 이벤트인가보다 했는데, 제법 역사와 이야기를 품은 오리였다. 이름은 러버덕. 연인을 뜻하는 단어가 아닌, 그냥 고무라는 의미의 러버다. 설치미술가인 플로렌타인 호프만의 작품으로, "즐거움을 전 세계에 퍼트리다."라는 의미를 담은 오리다.

　당시 나는 엉뚱하게도 노랗게 익은 한라봉 위에 감귤을 올려놓은 눈사람을 떠올렸던 것 같다. 추석을 갓 지난 수확의 계절이라 오곡백과로 논밭이 온통 누렇게 변해서였을까. 그 거대한 귀여움보다는 색에 더 주목하고 있을 때 곁에 있던 어머니는 한술 더 떠 이렇게 주문하셨다.

"아들, 소원 빌자. 옛날부터 노란 새끼 오리가 나오는 꿈은 길몽이라고 했어."

어머니는 오랜 꿈을 이루시던 날에도 노란색에 관해 얘기했었다. 내가 고등학교 2학년이던 해에 부모님은 간신히 집을 장만하셨는데, 내 방을 노란색으로 도배하려 하셨다. 다 큰 청년의 방을 말이다. 물론 내가 방을 파란색으로 칠하겠다며 페인트 통을 들고 설치는 모습에 하신 말씀이었다. 결국 난 파랗게 나의 첫 방을 칠했고, "수영장이냐?"라는 부모님의 행복한 핀잔을 들어야 했다.

동서고금을 막론하고 인간은 누런 들판을 보며 풍년을 기원했고, 희망을 이야기했다. 오방색의 중앙에 위치한 황黃색은 동양 역사에서는 '땅'을 상징해 왔다. '누렇다'라는 표현이 현대에 와서는 색이 바랬다는 뜻으로 다소 퇴색했지만, 이전에는 풍요와 희망을 의미했다. 후한의 멸망과 난세의 시작인 '황건적의 난'은 악정과 생활고에 시달리던 농민들이 일으킨 대반란이었다. 그들은 '흙土의 덕'을 상징하는 황색 두건을 머리에 둘러 황건적이라 불렸다. 역사상으로도 한나라를 자처한 세력들은 너도나도 스스로가 '토의 덕'을 지녔다고 강조했다. 위나라 최초의 연호는 황초黃初였고, 오나라의 손권은 황무黃武와 황룡黃龍을 내세웠다.

메소포타미아 문명에서는 황색의 기운이 더 흥했다. 메소포타미아라는 말은 그리스어로 '강의 사이'를 의미한다. 지리적으로 티그리스강과 유프라테스강에 끼인 비옥한 퇴적층으로 일찍이 문명의 발상지가 되었다. 흙으로 벽돌을 빚어 만들어진 정교한 황색의 도시는 풍요롭고 아름다웠다고 전해진다. 흙을 햇볕에 말린 벽돌로 지었기에 시간이 지나며 꿈결처럼 바람에 날려 사라졌지만 말이다.

메소포타미아 미술에서도 황색은 톡톡히 제 존재감을 뽐낸다. 기원전 만 년경에 그려진 것으로 알려진 라스코 동굴 벽화에는 들소, 말, 맘모스, 곰 등이 등장한다. 사냥을 해야 삶을 영위할 수 있었기에 동물은 인간에게 귀한 존재였을 것이다. 당시에는 석탄으로 벽

희망을 말하면 희망이 보인다

화의 윤곽을 그리고 색을 칠했는데, 항상 황색을 사용했다. 황토 조각이나 흙을 분말로 만들어 칠해 명암과 색조를 만들었다. 사냥의 대상이 된 동물들은 삶을 영위하게 하는 원동력이자 희망이었기 때문이다.

인류의 꿈과 희망은 땅에서 시작됐다. 황색의 비옥한 토지에서 자란 나무에서 과일을 채집했고, 그곳에 씨를 뿌려 식량을 수확했다. 집도 그림도 온통 황색이었다. 인류의 유전자엔 황색의 기운이 그대로 이어져 내려왔음이 분명하다. 회색의 아스팔트가 뒤덮은 도시에서 사람들이 흙과 자연을 그리워하는 것은 이에 기인한다.

아이들도 본능적으로 노란색을 좋아한다. 눈에 띄는 화려함 때문일까. 앞날의 희망을 품은 색임을 직감했기 때문일까. 방 한편에 걸린 유치원 시절의 빛바랜 사진, 나 역시 황색 바지를 입고 노란 모자를 쓰고 있다. 아이들의 미래에 펼쳐질 가능성과 희망의 날들을 예고하는 데 가장 완벽한 색은 노란색이다. 어린 날 욕조에 띄우곤 했던 작은 오리 장난감이 공룡만큼 거대해져 석촌 호수에 등장한 것은 결코 우연이 아니다.

전 세계를 누비는 거대한 러버덕을 언젠가 다시

마주하게 된다면, 곁에 있는 이에게 이렇게 말해 주겠
다. 창작자인 호프만이 어떻게 생각할지는 모르지만.

"희망을 전 세계에 퍼뜨린다는 의미를 담고 있어"

희망을 말하면 희망이 보인다

| 여 | 섯 | | 자 | | 몸 | 의 | | 생 | 사 | 는 |
| 세 | | 치 | | 혀 | 에 | | | | | |

"혀 짧은 소리를 내는 사람들은 왜 그런 건가요?"

어느 날, 강의 중에 날아든 한 학생의 질문을 듣고 함께
아나운서의 꿈을 키우던 S를 떠올렸다. 발음에 치명적
결함이 있어 아나운서 시험을 포기해야 하는 경우가
있는데, 그 친구가 그랬다. 서글서글한 외모에 목소리
도 훌륭했지만, 유독 특정 발음을 정확하게 해내지 못
했다. 당시엔 나도 방송인을 꿈꾸던 새내기였기에 확
실한 해결책을 조언할 수 없었다. 결국 S는 몇 번의 방
송사 공채에서 고배를 마신 후 다른 일을 찾아 나섰다.

그때를 떠올리면 항상 그에게 미안한 마음이 든다. S에게 한 번도 전한 적 없는 생각들이니 글자를 빌려 고해성사를 하는 셈일지도 모른다. 당시 우리는 마음 맞는 친구 1명을 더 설득해 스터디를 꾸렸다. 서로 끌어 주며 꿈을 향해 내닫던 두려움 없는 시절이었다.

우리의 호기롭던 태도는 연이은 방송사 시험 낙방으로 점차 빗속에 남겨진 모닥불처럼 사그라져 갔다. 스터디를 마치고 뒤풀이 삼아 술을 마시던 날, 결국 S는 더 이상 함께하지 않겠다며 고별사를 남겼다.

"형, 전 이제 시험 그만 보려고요. 열심히 해 보려 했는데. 미안해요."

술기운 때문이었을까. 우리는 신촌 한복판에서 눈물을 흘렸던 듯싶다.

법정 스님은 "세 치의 혓바닥이 여섯 자의 몸을 살리기도 하고 죽이기도 한다."라고 했다. 인류는 긴 시간 동안 종교와 인종을 넘어 인간의 혀가 사람을 죽이고 살리는 능력이 있다고 믿었다. 칼이나 총을 '혀'나 '말'과

희망을 말하면 희망이 보인다

동일시하는 비유는 여기에서 기인한다.

한마디 말에 삶이 극명히 갈린 두 소년의 이야기는 이를 여실히 보여 준다. 성당에서 사제의 시중을 들던 한 소년이 실수로 포도주 병을 깼다. 사제는 소년의 뺨을 때리며 이렇게 말했다. "여기서 썩 꺼져버려! 그리고 다시는 기웃거리지 마!" 또 다른 성당에서도 어떤 소년이 포도주 병을 깼다. 하지만 그 성당의 사제는 소년에게 이렇게 말했다. "누구나 실수를 하니 개의치 말게. 자넨 언젠가 좋은 사제가 될 거야."

성당에서 쫓겨난 소년은 훗날 유고슬라비아의 공산주의 독재자가 된 요시프 브로즈 티토였고, 다른 소년은 존경받는 대주교로 사제의 길을 성공적으로 마무리한 풀턴 쉰이었다.

《삼국지》에는 더 명확히 대비되는 두 가지 일화가 등장한다. 막강한 조조에 맞서 유비가 적벽대전에서 대승을 거둔 것은 손권과의 연합을 이끌어 낸 제갈량의 뛰어난 화술과 설득 덕분이었다. 원소를 배신하고 조조에게 관도대전의 승리를 안긴 허유는 혀를 잘못 놀려 조조의 부하에게 죽임을 당한다. 두 인물의 극명한 대비는 단지 주군主君의 차이로만 설명할 수 없다. 결국 세 치 혀의 주인은 자신이기 때문이다.

왜 그때의 나는 S에게 용기를 줄 한마디도 해 주지 못했을까. '그래, 쉽지 않지. 더 늦기 전에 다른 길을 찾는 게 나을지 몰라. 난 어디든 아나운서가 되겠지만 말이야.' 혹여 내 마음 속에 이런 오만한 생각이 자리했던 건 아닐까. 말 한마디로 사람을 살릴 수 있다는 의미의 촌철활인寸鐵活人*까지는 아니더라도, 한 번 더 그에게 희망을 줄 수 있는 말을 해 줄 수는 없었던 걸까. 그렇다 해도 결과를 장담하기는 어려웠겠지만, 적어도 그의 마음속에 미련을 남기진 않았을 텐데.

얼마 전, 함께 미래를 꿈꾸고 이야기했던 그들을 다시 마주했다. 옛 동지를 만났다며 한층 깊게 팬 3자 이마를 하고 한껏 입꼬리를 올려 미소 짓는 S를 보며 난 이런 고해성사를 소리 없이 전했다. 20여 년 전 그날로 다시 돌아간 듯.

'S야, 지금은 네가 가진 단점이 너의 발목을 잡는다

---

*   '촌철살인'을 '짧은 말 한마디가 사람을 살린다'는 의미로 바꾼 신조어

희망을 말하면 희망이 보인다

고 생각할지 모르지만, 우리 하는 데까지 해 보자. 포기하긴 이르잖아. 아나운서가 되고 안 되고는 아직 젊은 우리들에겐 큰 문제가 아닐지 몰라. 포기하지 않고, 끝까지 해 보는 마음. 우린 아직 그걸로 충분해.'

한 걸음조차 내딛기 버거울 때

지하철은 역마다 승차 시간이 정해져 있다. 출근 시간, 7호선의 경우 석남행을 놓치면 20여 분을 기다려야 한다. 그날도 열차 도착 2분을 앞두고 전력을 다해 역사로 향했다. 역으로 오르는 에스컬레이터 앞에 작은 체구의 할머니 한 분이 망설이고 계셨다. 마음은 급했지만 무슨 일인가 싶어 차분히 살폈다. 할머님은 차마 한 발을 떼어 에스컬레이터에 올라서기가 두려우신 모양이었다. 건장한 청년들도 가끔 휘청하는 속도이긴 하니 꼭 노인이어서만은 아닐 터였다. 이 열차를 놓치면 지각을 하는 상황이라, 그냥 지나칠지를 고민했다. 다

희망을 말하면 희망이 보인다

만 생각이 행동을 따르지 못할 때가 종종 있는데, 그게 그날이었다. 나는 어느새 할머님의 한 손을 꼭 쥐고 이렇게 말하고 있었다.

 "할머니, 제 손 꽉 잡으세요. 하나, 둘, 셋 하면 같이
 올라서는 거예요! 하나, 둘, 셋!"

 그 모습이 마법에 걸려 나이가 들어 버린 소피의 손을 잡고 하늘을 날아오르던 하울 같았다면 과장일까. 미끄러지듯 상승하는 순간, 하울의 움직이는 성이 내지르던 경적처럼 저 멀리서 지하철이 승강장에 들어오는 소리가 들려왔다. 나는 할머니께 어디 가시는 길이냐고 물었다.

 "아니, 영감이 오고 있어서 마중 나왔는데, 너무 빨
 라서 못 탔어."

 할머니께 젊은 사람도 아차 하면 다친다는 위로를 건네며 우리는 함께 에스컬레이터에서 폴짝 내려섰다. 이미 떠난 열차에 대한 아쉬움도 잊은 채 손에 남은 할

머니의 온기에 미소 지을 때였다. 할아버지 한 분이 지팡이를 짚고 막 열차에서 내리신 듯 개찰구를 빠져나오고 계셨다. 여지없이 오지랖이 발동했다. 나도 모르게 그가 누구인지 안다는 듯한 외침이 툭 튀어나왔다. "어르신, 할머니가 기다리고 계세요!" 할아버지는 느린 속도로 힐끗 돌아보셨고, 크게 달라지진 알았지만 한결 빠른 걸음으로 출구를 향하셨다. 내 기분 탓인지 모르겠지만 마스크 너머로 미소가 보이는 듯했다.

살다 보면 한 걸음 떼기도 버거울 때가 있다. 망설임이라는 놈이 미래로 열린 자동문이 닫힐 때까지 승강장에 발을 잡아두는 순간도 있다. 그 순간 누군가가 손 내밀어 힘을 나누어 준다면 우리의 모든 시작이 조금은 수월하지 않을까. 지하철 좌석에 앉아서 문득 공중에 뜬 채 두려움에 찬 소피를 응원하던 하울의 말이 떠올랐다.

"무서워할 것 없어. 그저 발을 내딛고 계속 걸으면 돼."

늦었다는 생각이 들더라도 그 발길을 멈추지 않는

다면 우리 삶에 지각은 없다. 한 걸음조차 내딛기 버거울 때, 그 두려움에 망설일지라도 걸음을 아예 멈추지는 말자. 그 길 맞은편에는 분명 우리를 향해 '희망'이라는 녀석이 마중 오고 있을 테니 말이다. 느릿느릿, 하지만 미소 지으며.

서울에서 부천까지 출퇴근한 지 10년이 훌쩍 넘었다.
강변북로를 통해 양화대교를 건너며 노래 〈양화대교〉
를 흥얼거린다. 그렇게 맑은 날의 행복한 드라이브를
즐기다가 불현듯 타임루프 속에 갇힌 것이 아닐까 불
안감이 엄습한다. 내가 사는 세상은 과연 현실일까?

　　가상과 현실의 명확한 분별은 생각을 행동으로 옮
기는 데서 시작된다. 컴퓨터는 인간의 두뇌를 모방해
탄생했다. 컴퓨터로 작업한 내용은 프린터라는 오프라
인 장치를 통해 출력할 때 현실로 존재한다. 마찬가지
로 심리적인 변화는 실제 언어와 행동으로 드러내야

현실이 된다. 사이버 세상을 주제로 한 몇몇 영화들은 이를 생생하게 그려 내고 있다.

영화 〈매트릭스〉는 AI가 인류를 재배하는 2199년의 모습을 보여 준다. 주인공 네오는 저항군을 소탕하기 위해 AI 요원 스미스와 가상 공간에서의 전쟁을 이어 간다. 인간의 운명을 건 전투가 시작되고, 네오는 기계 도시를 혈혈단신으로 치고 들어가 AI의 메인 서버와 담판을 벌인다. 스미스는 자신의 목숨을 던져 인간을 구원하려는 네오를 이해하지 못한다. 왜 계속 일어나서 싸우는 건지, 무엇을 위해서 싸우는 건지 의아해한다. 인간의 전유물인 사랑도 매트릭스처럼 허상일 뿐이라며 일침한다. 그에 대한 네오의 답은 허무하지만 결연하다.

"그게 내 선택이야."

또 다른 영화 〈블레이드 러너 2049〉에는 '대정전의 시대'라는 가상의 세계가 등장한다. 전 세계에 내려진 열흘간의 정전은 축적된 데이터와 은행 잔고까지 모두 사라지게 만들었다. 스스로가 복제인간이란 사실에 의문을 품지 않던 K는 자신의 기억이 누군가의 실제 기억이라는 것을 알고는 마치 인간처럼 격앙된 감정에 휘말린다. 그 순간 그는 손바닥에 떨어져 녹아내리는 눈을 그전과는 다르게 느끼게 된다. 철저히 세뇌되고 통제된 감정에서 벗어나는 경험이었다. 새롭게 알게 된 단서 하나가 K를 '껍데기'라고 멸시받던 복제품에서 '인간'이라고 느끼게 만드는 개벽開闢과 같은 결과를 만들어냈다.

코로나19는 우리에게 같은 경험을 가져왔다. 장시간 재택근무에 들어간 사람들은 다른 차원의 고립을 경험했다. 통장에 들어와 있는 월급을 눈으로 확인하면서도, 회사에 직접 출근하는 것이 아니니 스스로 직장인인지 가늠하기 어려웠다. 코로나19는 이대로 해직되는 건 아닌지에 대한 실질적 불안감을 가져왔고, 사람들에게 오히려 출퇴근의 고단함을 그리워하게 했다.

그런데 국내 모 회사에서 이러한 상황을 감지하고, 작지만 엄청난 묘안을 실행에 옮겼다. 재택근무 직원들의 불안감을 불식시키는 동시에 소속감을 높인 것은 다름 아닌 수건 한 장이었다. 회사에서 선물한 수건에는 받는 직원이 소속된 팀과 팀원들의 이름이 적혀

희망을 말하면 희망이 보인다

있었다. 효과는 놀라웠다. 본인과 동료들의 이름이 새겨진 수건은 그들의 삶에 다시 현실감을 부여했다.

앞선 이야기와 달리 현실은 더 복잡하다. 그러나 한 가지는 명확하다. 일상의 놓치기 쉬운 것들에 가치를 부여하고, 지루하게 반복되는 삶에 의미를 불어넣는 방법은 생각보다 멀리 있지 않다. 무엇을 보게 하고 어떻게 느끼게 할 것인지는 당신의 관점과 태도, 언어가 결정한다. 행동으로 옮기는 것만으로 현실성이 부여되는 '약속', 어제와 다른 내가 되었음을 분명히 느끼게 하는 손바닥에 떨어진 '눈᷂', 그리고 재택근무자들의 불안을 일순 해소하고 업무 능력을 향상시킨 '이름 새긴 수건 한 장'처럼 말이다. 언어의 무게는 우리가 생각하는 것 이상으로 무겁다.

희망을 말하면
희망이 보인다

이순과 칠순 어디쯤의 시간을 함께 걷고 있을 노부부가 지하철 옆자리에 앉았다. 각자 휴대전화를 들여다보다가 할머니가 남편에게 스윽 내밀며 물었다.

"이… 이에요?"
"응, 귀 이자가 맞아."

나도 모르게 할머니의 휴대전화를 힐끔 쳐다봤다. 할머니는 세 글자의 끝에 '암'이라고 적어 두시고는 정확한 한자를 찾고 계셨다. 순간 마음이 무거워졌다.

암? 어떤 암에 걸리신 걸까? 그때 할머니가 다시 물으셨다.

"바위 암岩이겠죠?"

흔히 프레임이라고 한다. 하나의 주제에 매몰되어 있으면 그와 관련된 것만 보고 들으며 그 정보에 집중하게 된다. 세상을 온통 분홍색으로 칠하고도 모자라 분홍색 하늘을 갈망하는 왕에게 분홍색을 칠한 안경을 씌웠더니 행복해하더라는 서양 동화 속의 이야기에 마냥 웃을 수 없는 이유다.

당시 아버지의 투병으로 '암'이라는 추상적 공포와 실제하는 위협 앞에 우리 가족 모두 무력할 때였다. '피로'라는 시커먼 덩어리가 직장인들의 어깨를 짓누르는 광고처럼, 우리 가족의 어깨 위에는 암이라는 엄청난 무게의 덩어리가 놓여 있었다. 한치 앞을 분간하기 힘든 막막한 시절이었다. 해답 없이 무기력한 상념을 이어갈 때, 할아버지의 한마디가 나를 현실로 돌려 놨다.

"당연하지, 소 귀를 닮은 바위라고 해서 우이암牛耳
巖이잖아요!"

나도 모르게 안도의 한숨을 내쉬었다. 무거웠던
마음에 다시 봄날 새순이 밀고 나오듯 묵직한 힘이 느
껴졌다. 희망의 다른 발현일까. 분명 두 분에게는 쉽지
않은 산행이었을 것이다.

그들의 모습 위로 5년 전 한라산을 오르시던 부모
님이 겹쳐졌다. 호기롭게 한 번 도전해 보자고 말했던
나는 간신히 내려왔고 오히려 두 분은 쌩쌩하셨다. 적
어도 그날 새벽녘에 두 분의 앓는 소리를 마주하기 전
까진 그렇게 생각했다. 힘들지 않을 리가 없었다. 팔순
과 일흔을 앞둔 두 분이었다. 그때는 우리 셋이 함께하
는 마지막 산행이 될지 몰랐다. 긴 삶 속에서 다져진 인
생의 근력으로 한라산을 오르신 것이리라. 서로 밀고
당기고, 조금만 더 가면 된다고 독려하는 인생의 축소
판을 함께 경험했다.

2016 리우 올림픽의 펜싱 영웅 박상영 선수는 희망의
언어가 주는 힘을 여실히 우리에게 확인시켜 줬다. 상

대 선수에게 4점을 뒤쳐진 상황이었다. 단 1점이라도 내어 주면 더 이상의 기회 없이 경기는 그대로 끝난다. 말 그대로 절체절명의 순간, 그는 이렇게 중얼거리기 시작했고 전 국민이 방송을 통해 이를 지켜봤다.

"할 수 있다. 할 수 있어!"

두려움에 정면으로 맞서는 동시에 스스로의 의지를 향해 내리는 명령이었다. 위기의 순간 경직된 정신과 육체를 다잡는 혼잣말. 뇌 과학자들은 스스로에게 건네는 의지의 언어가 정신적 판단과 상황 통제로 이어져 역경을 극복할 수 있는 정서 조절과 힘으로 작용한다고 확언해 줬다.

류시화 작가는 불안이 엄습해 오거나 화가 치밀어 오를 때 "숨!"이라고 외친다고 한다. 스스로에게 외치는 만트라인 셈이다. 심호흡을 통해 감정을 다스려 다시 안정을 되찾는 주문이다. 단어가 꼭 대단할 필요는 없다. 자신에게 내리는 진언이 아주 사소하더라도, 그 힘은 무한하다.

영화 〈카모메 식당〉의 주인공 사치에가 세상 제일 맛있는 커피를 위해 "코피 루왁"이라고 외치듯, 소설 《무지개 곶의 찻집》의 주인 에쓰고 할머니 역시 "맛있어져라, 맛있어져라."를 외치며 커피를 내리듯. 진심이 담긴 우리의 말에는 마법의 주문과 같은 힘이 있음을 믿는다.

희망의 안경을 쓰지 않아도 그저 희망을 품고 그것을 말하는 것만으로도 작은 숨구멍이 열린다. 그것을 통해 희미하게 비치는 빛을 향해 걸어가면 그 빛은 점점 커져 종국에는 찬란한 환희로 다가올 것이다. 우거진 수풀로 좌우가 막힌 좁고 가파른 길을 오르다 보면 끝내 펼쳐지는 한라산의 널따란 대지처럼 말이다.

희망을 말하면 희망이 보인다.

희망은
능동태

"어떻게 그 긴 시간 참혹한 수용소에서 살아남을
　수 있었나요?"

한 남성이 질문을 받고 깊은 생각에 잠긴다. 한참을 침
묵하던 그가 한 말은 인터뷰를 들은 모두에게 적잖은
충격을 줬다.

"크리스마스 때까지는 나갈 수 있을 거라는 희망
　을… 버렸죠!"

일명 '스톡데일 패러독스', 희망의 역설이다. 이는 베트남 전쟁 당시 미군 장교였던 제임스 스톡데일이 8년간의 포로 생활을 이겨낸 비결에서 얻은 교훈이다. 그는 냉혹한 현실을 가감 없이 바라보며 긴 호흡으로 대처했다.

그와는 달리 이른 시일 안에 미국의 승리로 곧 나갈 것이라며 대책 없이 낙관했던 동료들은 하나둘 죽음을 맞았다. 해가 지날수록 조여 오는 절망감 때문이었으리라. 처음에는 제임스도 낙심해 자살을 시도했다. 그러나 그는 많은 동료를 격려하고 절망감을 이겨내 그들과 함께 고향으로 돌아갔다.

희망이 그림자조차 보여 주지 않을 때, 그 상실감은 인간을 무력하게 한다. 무력감은 마침내 생의 동력까지 빼앗아 간다. '살아남기'를 목표로 참혹한 현실을 직시했기에 희망이 시나브로 자랐을 것이다. 진정한 희망은 목표가 되고, 그 목표는 삶을 이끄는 강한 의지로 완성된다. 모든 희망은 냉정한 현실 인식에서 싹을 틔운다.

영화 〈캐스트 어웨이〉에서 무인도에 조난당한 척 놀랜드는 섬의 유일한 친구였던 배구공 윌슨을 잃고 절망한다. 그러나 그는 계속 주저앉아 있을 수 없었다. 척은 가족과 친구가 자신을 찾아내 줄 거라는 기다림을 내려놓는다. 대신 배를 만들어 망망대해의 두려움과 정면으로 맞선다.

〈쇼생크 탈출〉의 앤드류 듀프레인은 부인을 살해했다는 억울한 누명으로 감옥에서 평생을 보내게 된다. 저항과 좌절의 반복 끝에, 아무도 해결해 줄 수 없다는 것을 깨닫고는 적의 친구로 가장해 온갖 편의를 받아 낸다. 시간과 상황을 자신의 편으로 만든 것이다. 그는 억울한 마음을 하나둘 비워내듯, 숟가락 하나로 두꺼운 감방의 벽을 조금씩 허물어 나간다.

희망은 수동태가 아니며, 기다림도 아니다. 희망은 능동적 행동력과 꾸준한 실천이 만들어 내는 성과물이다. 프리드리히 니체의 말처럼, "왜 살아야 하는지 아는 사람은 어떠한 상황도 참고 견딜 수 있다." 희망이 우리를 살게 하는 이유다.

난 프로야구 원년부터 한 팀을 꾸준히 응원해 온 소위 야구 덕후다. 회사원들이 아침 출근길에 오늘의 운세를 찾아보는 것처럼, 응원하는 팀의 승패가 나의 하루 마무리를 좌우한다. 상쾌하게 하루를 마치느냐, 다소 아쉬운 기분으로 잠자리에 드느냐를 결정하는 나름 중요한 문제다.

야구계의 속설 중에 이런 말이 있다. "야구에서 '만약', 즉 'if'를 붙이면 지는 경기가 없다." 자신이 응원하는 팀의 패배 원인을 누구의 탓으로 돌릴 것이냐를 두고 댓글 창에서는 갑론을박이 매일 치열하게 펼

희망을 말하면 희망이 보인다

쳐진다. 그런 이들의 불필요한 감정싸움을 일갈하는 명쾌한 판정으로 앞선 표현만한 것이 있겠는가.

흔히 이를 두고 결과론이라고 한다. 마침표를 찍고 이미 결정이 난 일을 끊임없이 복기하여 아쉬움을 키우는 일이다. 결과론은 과거를 박제한 화석과 같다. 망자계치亡子計齒라는 사자성어처럼 이미 잘못된 일은 아무리 생각해도 소용이 없다.

반면 '만일'이란 단어가 품은 의미는 'will'에 가깝다. 의지의 차원이다. 이를 감미롭게 해석한 노래가 있다. 안치환의 〈내가 만일〉이다. 가수는 "자신이 만일 시인이라면 그댈 위해 노래하겠다."라고 했다. 또한 "만일 구름이라면 여름날의 소나기처럼 시원하게 내리겠다."라고 한다. 모두 사랑하는 사람을 위해서다.

인간은 상상으로 비겁해지고 의지로 극복한다 했다. 항상 이해는 낮고 후회는 늦다. 과거에 갇혀 미래를 저버릴 것인가, 의지로 불확실한 미래를 개척할 것인가. 언제나 그것이 문제다. 우리의 삶은 매 순간 '만약'과 '만일' 사이의 선택으로 이루어져 있다.

바	람	은						
계	산	하	는		것	이		아	니	라

33세, 메이저리그에 데뷔한 선수의 첫 안타. 짧은 안타였지만 경기장의 모든 관객은 기립해 환호했다. 드류 매지 선수의 오랜 기다림이 얼마나 위대한지를 보여주는 장면이다. 유난히 나이 들어 보이는 선수는 만면에 미소를 띠고 주먹을 불끈 쥐어 보였다. 이 한순간을 위해 얼마나 고된 담금질과 인내의 시간을 보냈을까. 그의 말에서 미약하게나마 짐작해 볼 수 있다.

"메이저리그에서 첫 공을 보기 위해 13년을 기다렸습니다. 저는 준비가 됐습니다."

희망을 말하면 희망이 보인다

야구 선수들은 통상 고등학교를 졸업하며 신인 드래프트를 통해 프로팀에서 커리어를 시작한다. 메이저리그와 국내 모두 대략 40살을 전후해 은퇴한다. 그러나 20여 년 프로 생활을 이어 가는 선수는 손에 꼽힌다. 부상과 그로 인한 부진, 자신의 포지션을 두고 이어지는 끊임없는 경쟁 때문이다.

외부적 요인을 헤쳐 나가며 자신과의 싸움을 이겨낸 선수만이 명예로운 은퇴 경기를 치른다. 흔히 대기만성大器晚成이라고 하지 않는가. 과연 드류 매지 선수는 대기만성의 본보기일까?

대기만성이라는 말은 《노자》에서 인간의 '도道'를 설명하며 쓰였다. 노자에게 도란 항상 드러나지 않고 숨어 있는 것이었다. 그는 "아주 큰 사각형에는 귀가 없고, 큰 그릇은 늦게 이뤄진다."라고 했다. 만성晚成은 아직 이루어지지 않은 것을 가리킨다. 더 엄밀히는 거의 이루어질 수 없다는 뜻으로도 해석된다. 대기만성은 결국 완성형이 아닌 또 다른 시작점이다. 도를 이루는 것과 마찬가지로 자신의 뜻을 바로 세우는 것은 그것이 무엇이든 그만큼 힘든 일이다.

고대 그리스에 관한 책인 《고대 그리스인의 생각

과 힘》의 저자 이디스 해밀턴은 무려 62세에 첫 책을 냈다. 그리고 95세에 세상을 떠날 때까지 33년의 전성기를 누렸다. "인생은 60세부터"라는 구호를 현실에서 명확히 구현한 셈이다.

작가는 라틴어와 그리스어 고전을 가르치던 교사였다. 26년을 근무하며 여학생들을 위한 수업 개혁을 시도했지만 큰 저항에 부딪혔고, 끝내 학교를 떠나게 된다. 1900년대 초반은 아무리 미국이라 해도 여성 인권이 형편없던 시절이었다. 그녀는 10대에 집안이 기울며 일찌감치 홀로 서기를 강요당했다. 수많은 풍파의 말미에 비로소 대기만성의 시작점을 만난 것이다.

많은 이들이 대학만 합격하면 장밋빛 인생이 기다릴 것으로 착각한다. 나는 군대를 제대하고 세상을 얻은 것처럼 행복했다. 취업을 했을 때는 스티브 잡스와 일론 머스크 같은 인물이 되겠다는 야망을 품기도 했다. 그러나 매 순간 도저히 계산이 서지 않았고, 한치 앞을 보기도 쉽지 않았다. 예측은 빗나가 거친 파도가 끝도 없이 몰려왔다.

여기서 계산을 한다는 것은 답을 찾는다는 의미

희망을 말하면 희망이 보인다

다. 비바람은 항상 불고, 내가 원하는 대로 순탄하게 흐르는 삶은 없다. 그래서일까. 흔히 인생을 바다에 비유한다. 결국 풍랑의 파고를 이겨내며 끝을 모르고 흘러가는 것이 삶이다. 그 긴 여정이 끝나갈 무렵에야 어렴풋이 알게 되는 것. 그 앎이 비로소 대기만성의 시작점이다. 인생에 답이 있을 리 만무하다. 아직 대기만성을 논하기에 새파랗게 어린(?) 나는 감히 이런 생각을 해 본다. 파도만 보고 정작 파도를 만드는 바람은 읽지 못하는 것, 그게 바로 인생이 아닐까.

영화 〈달콤한 인생〉에서 이병헌은 감미로운 중저음으로 인생의 진리를 낭독했다. 나뭇가지를 흔들리게 하는 주체에 대해 묻는 제자에게 스승은 이렇게 답했다.

"무릇, 움직이는 것은 나뭇가지도 아니고, 바람도
아니며, 네 마음뿐이다."

살랑이는 미풍이 간질여 웃음이 절로 나는 행복의 순간도, 태풍에 삶의 근간이 뿌리째 흔들리는 위기도 온다. 하늬바람*만 부는 인생도 없으며 항상 된마**만

---

*   서늘하고 건조해 상쾌함을 주는 서풍
**   습하고 무더운 동남풍

불어 대는 삶도 없다. 바람은 계산하는 것이 아니라 이 겨 내는 것이다. 삶은 완성하는 것이 아니라 온전히 살 아 내는 것이다.

희망을 말하면 희망이 보인다

2장 여름

이야기는 사랑의 기억을 품고

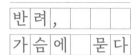

반려,
가슴에 묻다

18년을 함께한 가족, 반려견 초롱이를 그냥 보낼 수는 없었다. 그래서 유골함에 담겨 다시 집으로 돌아온 그녀를 우리 가까이에 두기로 결심했다. 어머니는 꽃 같던 초롱이의 유골함을 품에 안고 꽃삽을 든 내 뒤를 따랐다. 구름 사이로 가끔 비치는 초승달이 날카로운 눈빛으로 우리를 쏘아봤다. 항상 함께 지나던 산책로 중간 어디쯤 어머니가 망을 보는 사이 우리만 알아볼 수 있는 나무를 이정표 삼아 초롱이를 묻었다. 그러고는 야트막한 봉분 위에 물을 주듯 눈물을 떨궜다. 어머니가 의외의 말을 하신 건 바로 그때였다.

"이렇게 하는 게 초롱이나 우리에게 좋은 일일까? 장마에 빗물이 넘칠 수도 있고, 조경을 바꾼다고 파헤쳐질 수도 있는데. 우리 그냥 뿌려 주자. 그리고 가슴에 묻어 두는 거야."

도굴을 하듯 다시 유골함을 꺼낸 우리는 함부로 베어 버릴 것 같지 않은 나무를 찾아 그 아래 그녀를 놓아 주었다. 초승달이 길게 꼬리를 내려 그녀가 달려 올라갈 다리가 되어 주었으면 하는 바람과 함께.

무지개다리. 반려인들은 그들이 사랑하던 존재가 세상을 뜨면 그 다리를 건넜다고 표현한다. 죽었다는 무심한 단어로 그 존재를 추억하고 싶지 않아서일까. 어떤 동화에서는 무지개를 천궁天弓이라 부르며 활에 비유했다. 초승달처럼 완만한 곡선을 그리며 하늘과 지상을 연결해 주는 다리가 되어 준다는 의미일 것이다.

사람들은 그들이 무지개다리를 건너고 나면 두 가지의 모습을 보인다. 사랑스러운 또 다른 아이를 가족으로 새로 맞거나, 다시는 살아 있는 존재를 들이지 않거나. 우리는 후자를 선택했고 가족 구성원들을 위해

이야기는 사랑의 기억을 품고

서로 노력했다. 내가 매년 부모님과 여행을 가기 시작
한 것도 이 일이 있은 후였다. 더 많은 시간을, 그만큼
의 추억을 쌓아 두기 위해서다. 언젠가는 우리 모두 서
로를 가슴에 묻어야 할 날이 올 테니까.

사랑도
흥정이 되나요?

"딱 도파민이 충만할 때 헤어졌네. 그러니 더 힘들 수밖에."

실연의 진흙탕에 빠져 간신히 숨구멍만 찾아 헤매던 내게 후배가 툭 내 놓은 진단은 명쾌했다. 새삼 실연의 달콤함이야 있겠냐고 체념하던 가수 최백호의 고백이 무색해진 이유가 고작 호르몬의 영향 때문이라니. 불혹의 의미를 가볍게 무시한 삶의 배신 앞에 나는 또 한 번 바보가 되었다.

시간이라는 소염제는 술로 무너진 면역뿐 아니라

이야기는 사랑의 기억을 품고

이성적 사고를 제한하던 마음속 이물질까지 언제 그랬냐는 듯 쓸어내렸다. 이내 그녀와의 행복한 기억들 너머로 무심히 바닥에 툭 떨어져 있던 본심들이 하나씩 떠올랐다. 그 말들을 굳이 나열해 헤어진 여자를 음해하는 옹졸한 남자가 되고 싶지는 않다. 돌아보면 서로가 서로를 탐닉하던 순간들은 인생을 함께할 계약을 맺을 만한 사람인지 간 보는 흥정의 시간이었다.

'흥정'은 물건의 품질이나 가격을 의논하는 일을 칭하는 순 우리말이다. 그런 흥정이 사람간의 감정에서도 심심치 않게 목격된다. 호르몬의 절대적 지배를 받는 청춘을 지나 중년에 접어든 미혼들은 연애와 흥정의 경계를 명확히 구분 짓지 못한다. 그럼에도 세월 속에 적당히 때가 묻은 마음들은 실제 주판알을 퉁기듯 상대를 재단裁斷한다. 품질이 어떠한지 어느 정도의 값을 매길 수 있을지 또 다른 자아와 끊임없이 밀고 당기는 일이다. 마치 〈반지의 제왕〉 속 '스미골'과 '골룸'의 분열처럼.

흥정의 관점에서 연애는 이상이고, 사랑은 현실이다. 때로 연애는 흥정에 가깝다. 남자들 사이에선 좋아하는 여성의 어머니를 보라는 말이 있다. 미래의 모습이기 때문이란다. 같은 선상에서 좋아하는 남자의 아버지나 친구들의 언어값을 산출하라는 이야기가 있다.

언어값. 우리는 때로 말을 기준으로 누군가를 판단하지 않는가. 개인의 언어에 값어치를 매길 수 있다는 것은 흥정의 한 요소에 언어가 자리함을 의미한다. 관계의 초기에 과도하게 자신의 내밀한 이야기를 내어놓지 말아야 함은 자기노출Self-disclosure 이론에서도 중요한 부분이다. 마치 등산을 하듯 서로에게 자신을 내 보이는 과정도 적절한 속도와 단계가 필요하다.

흥정의 의미를 확장하면 "어떤 문제를 자기에게 조금이라도 더 유리하도록 상대편에게 수작을 거는 것"으로도 쓰인다. 수작酬酌. 흥미롭게도 술잔을 주고받을 때와 서로 말을 주고받을 때 모두에 쓸 수 있는 표현이다. 술잔을 주고받으며 서로를 탐색하는 두 남녀는 과연 무엇을 위해 흥정과 수작에 나섰을까.

누군가는 사랑도 돈으로 살 수 있다고 하는 시대다. 하지만 난 "가짜 감정은 반환을 전제로 도서관에서 빌린 책과 같다."라고 한 이기주 작가의 글을 지지한다. 그렇기에 흥정이든 수작이든 인간의 감정과 관계의 이면에 진실함이 필요하다고 생각한다.

이야기는 사랑의 기억을 품고

서로를 간절하게 원하게 하던 호르몬이 다하고 비로소 그의 말에 귀 기울일 때 진정한 흥정은 시작된다. 그래서 여전히 기회는 있다. 우리가 사랑하는 동안에는. 한때 뭇 남성들의 아프로디테였던 모니카 벨루치가 돈과 사랑 사이의 흥정에서 마침내 발견한 유레카처럼 말이다.

"어떡해! 나 정말 당신을 사랑하나 봐."

첫사랑

어느 날, 나는 압구정동 한 아파트 초입을 걷고 있었다. 첫사랑의 기억이 모두 그렇듯, H 역시 과장 조금 보태 순정만화 주인공의 웃음과 미소를 지녔다. 눈웃음과 함께 던진 그 말과 그날의 장면을 난 수십 년이 지난 지금도 명확히 떠올릴 수 있다. 그간 나를 사랑한다고 했던 이들이 어김없이 남긴 대사이기도 해서다.

　"네가 나를 싫다고 하는 날이 와도, 난 항상 네 옆에
　　있을 거야"

　이야기는 사랑의 기억을 품고

90년대 하이틴 영화 속 대사처럼 오글거리지만, 내 삶 전반을 탈탈 털어도 이보다 진정성 있는 언어를 찾을 수는 없었다. 때마침 곁을 지나던 한 무리의 여고생들이 이렇게 말했다.

"와⋯! 잘 어울린다! 부럽다."

평상복을 입어 대학생처럼 보였을지 모르지만 사실 우리도 고등학생이었다. 인근 여고의 동갑내기 H는 제2외국어로 프랑스어를 했다. 정성 들여 구성한 카세트테이프 노래 모음집엔 당시 우리나라에서도 사랑받던 세르지오 갱스부르나 파트리샤 카스가 부른 샹송들이 담겨 있었다. 물론 동물원과 여행 스케치, 김광석 등 대학로 라이브 무대를 주름 잡던 포크 가수들의 곡도 있었다. 당시 내가 좋아하던 노래는 빌리 조엘의 〈Just the Way You Are〉였다. 있는 그대로의 당신을 원한다는 뜻이다.

세상의 이치를 깨쳐야 한다는 무언의 압박 속에서 어른이 되고 보니 오히려 가사가 더 진정성 있게 와닿는다. 있는 그대로의 당신을 원한다는 말, 이보다 담백하고 솔직한 고백이 있을까. 후회는 항상 늦게 온다. 단순한 가사가 품은 사랑과 관계의 진리를 난 이제야 어렴풋이 알아 가고 있다.

첫사랑을 영어로 'Puppy love'라고도 한다. 강아지들의 사랑이라니. 직역하면 '풋사랑' 정도일까. 첫사랑은 이루어지기 어렵다는 주술은 어쩌면 그 사랑을 통해 우리가 비로소 어른이 된다는 것을 암시하는지도 모른다. 폴 앵커는 "철없는 사랑"으로, 최성수는 "풀잎 사랑"이라며 극단의 정의를 통해 그 미숙함을 찬미했다.

강아지는 성견이 되고, 풀잎은 여름날 뜨거운 태양에 억세진다. 철없는 삶을 동경하지만 시간은 기다려 주지 않는다. "Just the way you are"는 당초 불가능한 맹세였던 셈이다. 우리는 결국 어른이 되기 때문이다. 그래서일까. 무라카미 하루키는 《노르웨이의 숲》을 통해 첫사랑을 아련한 아픔으로 추억했다.

혹자는 첫사랑의 추억을 통해 선명한 과일 향기를 맡는다 했고, 또 다른 중년은 귓가에 향기로운 종소리가 들려온다고 했다. 지나간 시간 속에서 H가 등교하던 성수대교가 주저앉았고, 그녀가 이사한 아파트 옆

백화점이 내려앉았다. 몇 번의 어설픈 연락은 부질없이 무산되고 시간은 손쓸 수 없이 길게 흘렀다. 여행 스케치의 공연장에 날던 종이비행기도, 공연 막간 학전 소극장 앞에 나와 담배를 피던 고故 김광석도 이제 먼 추억이 되었다. 그러나 여전히 난 동물원의 〈혜화동〉이 들려오면 H를 떠올린다. 그리고 조용히 응원한다. 어디서 어떤 모습으로 살든, 항상 행복을 선택하기를.

우리는 항상 사랑에 앞서 변하지 않겠다고 다짐한다. 지키지 못한 수많은 약속과 맹세에 대한 부채가 가져온 허언일지 모르지만, 우리는 그 다짐을 새해의 작심삼일처럼 반복해 나아가야 한다. 바보 같고 철없다 질책받을지언정. 마음으로 늙지 않기 위해서, 사랑의 얼굴을 잃지 않기 위해서.

흐노니 *

어머니, 기억하세요? 처음 우체국에 일 보러 간 날, 절 보셨다고 하셨잖아요. 뭐가 급한지 먼저 세상을 등진 아들이 생각났다고 하셨죠. 매달 10명이 먹음직한 음식을 준비하셔서 가족 분들과 함께 들고 오셨잖아요. 사실 처음에는 왜 그러시는 건지 그 마음을 헤아릴 수 없었어요. '아직 대학도 졸업 못한 이등병을 사위 삼으시려나?'하는 망상을 하기도 했어요.

　동학사 카페에서 어머니께 피아노 반주에 맞춰 김광석의 〈사랑했지만〉을 불러 드렸죠. 그때 안경 너머로

---

* 　누군가를 그리워한다는 의미의 순우리말

눈시울을 붉히시던 모습이 아직도 선합니다. 그런 어머니를 위해 부끄럽지만 〈인연因緣〉이라는 시를 썼었죠. 그리고 화가이셨던 남편분이 시화詩畵를 만들어 주셨고요. 사실 그 시, 어머니와 먼저 떠난 저와 동갑이던 아들을 떠올리며 쓴 시였는데, 짐작하셨죠? 만들어 주신 시화는 아직 제 책상 위에 소중히 자리 잡고 있답니다.

어떻게 그럴 수 있었을까요. 어떻게 저와 돌아가신 아드님이 생일까지 같을 수 있었을까요. 그 인연으로 행복했고 또 행복했습니다. 어머니께 받은 그 마음이 너무 컸을까요. 전 그 이후로 그만한 사랑을 받은 적이 없답니다.

군 복무를 모두 마치고 제대하던 날에도 부대 정문에서 절 기다리셨죠. 백화점에 들러 당시 모두가 가지고 싶어 하던 양면 점퍼를 사 주시고, 근처 절에 들러 절 위해 기도해 주셨죠. 그리고 대전터미널에서 작별 인사를 하고 고속버스에 탄 저는 왠지 속이 후련했답니다. 어린 마음이었죠. 좋으면서도 부담스러웠고, 집에 계신 친어머니께 이유 없이 죄송했었습니다.

다시 뵐 수 있을까? 다시 찾아뵈어야 할까? 그냥 이대로 잊히겠지? 저의 그런 복잡한 마음을 정리해 준 사람 역시 어머니였습니다. 고속버스가 터미널을 빠져나와 큰길로 접어들기 위해 우회전하는 순간, 그곳에서 계시던 어머니를 보고 가슴이 내려앉았답니다.

손을 흔들며 차창 너머의 절 더듬어 찾으시던 어머니의 안경 너머로 쉽게 떨어질 수 없다는 듯 맺혀 있던 눈물방울을 본 듯했습니다. 버스 뒤편으로 눈을 깜박일 때마다 성큼 성큼 멀어지는 모습에 이내 전 무너지고 말았습니다.

어릴 때는 어른들의 "사는 게 바빠 연락을 못했네요."라는 말이 변명처럼 들렸습니다. 그런데 제가 그 나이가 되고 보니, 어머니에게도 뻔한 이 말밖에 떠오르지 않네요. 많이 늙으셨겠지요.

만에라도 이 글을 보신다면 처음 제게 면회 오신 날처럼 한 번만 찾아와 주세요. 꼭 한 번만이라도….

이야기는 사랑의 기억을 품고

향수와 와인 그리고 언어

살인자의 품에서 한 장의 손수건이 날아오른다. 그것에는 흠모했던 여성을 포함해 자신이 살해한 여성들의 체취로 만든 향수가 묻어 있다. 손수건에서 퍼진 향기는 세기의 연쇄살인범을 보기 위해 운집한 사람들을 그 자리에서 모두 사랑에 빠지게 만든다. 영화 〈향수: 어느 살인자의 이야기〉다. 파트리크 쥐스킨트의 원작 소설 속 묘사도 놀라웠지만, 영화로 표현된 이 장면은 개봉을 금지하는 나라가 있었을 정도로 모두에게 충격을 주었다.

고아였던 주인공은 불행한 삶을 이어 간다. 그에

게는 초인적인 후각을 통해 세상을 바라보고 해석하는 독특한 능력이 있었다. 첫눈에 반한 귀족 여인의 사랑을 얻을 수 없어 그녀의 향이라도 소유하고 싶어 했던 주인공의 욕망이 '향수'와 '살인'이라는 극단의 이미지를 통해 독창적으로 그려진다.

향수는 때론 타인의 사랑을 갈구하는 적극적 어필의 수단이 된다. 혹시 모를 자신의 체취를 감추고 상대의 호감을 사기 위한 인간 본능이 투영된 물건이다. 아이러니지만, 향수는 공중화장실과 배수시설이 부실했던 로마에서 발전했다. 여름만 되면 참을 수 없을 만큼 진동하는 악취로부터 조금이라도 자유롭기를 원하는 귀족들의 욕망이 반영된 문물이었다.

호화로운 목욕 문화에 향수는 매우 사치스럽게 사용되었다. 포도나무와 와인이 권력의 상징이었던 로마에서 향수 또한 특권층의 전유물과 같이 여겨졌다. 소설 《향수》의 배경인 18세기 유럽 최대 도시였던 프랑스 파리의 지독한 악취 또한 향수의 발달을 가져왔다. 향수는 인간에서 비롯한 악취와 역사를 같이 한다.

좋은 말과 글을 갈구하는 사람들도 마찬가지 아닐까. 누구는 미천한 지식을 채워 넣기 위해 언어에 의존

이야기는 사랑의 기억을 품고

한다. 누구에겐 TV와 유튜브 그리고 휴대전화 게임과 끊임없이 알려오는 SNS로부터의 자유를 위한 탈출구가 된다. 그리고 또 다른 누군가는 위로의 말에 은혜를 받거나 감정의 극한을 통한 카타르시스를 위해 본능적으로 이야기를 찾는다.

동기야 어찌 되었건, 좋은 언어는 흡사 좋은 향수와 같은 운명을 타고난 셈이다. 누군가의 언어가 그를 향수가 필요 없는 사람으로 만들어 줄 수는 없다. 다만 좋은 말과 글은 마음의 빗장을 여는 보이지 않는 향기를 품는다. 타인의 사랑을 갈구하며 탄생한 향수와 상대의 호감과 동의를 열망하는 언어는 그래서 닮았다.

와인은 또 어떠한가. 이야기꾼들이 끊임없이 이야기를 수집한다면 와인은 끊임없이 이야기를 제 붉은 몸에 담는다. 사람들의 이야기를 수집하고 정리해 딱 알맞은 고명을 얹어 그들에게 다시 선물하는 것이 이야기꾼의 역할이다.

좋은 이야기꾼이 되기 위해서는 와인을 닮을 필요가 있다. 루비색과 마호가니 색의 레드와인이 그 색감에서부터 자신이 거쳐 온 토양과 생산자의 손길, 그리고 오크통 속에 잠들어 있던 시간까지 모두 이야기하고 있듯, 우리 스스로는 하나의 이야기가 되어야 한다. 누구의 앞에서든 수월하게 말문을 열고, 평화롭게 타인의 귀를 열 줄 아는 그런 사람이 되기를 소망한다면 말이다.

좋은 와인과 향수, 그리고 좋은 언어는 이렇듯 서로 통한다. 와인이나 향수의 첫 향이 사람들의 관심을 사로잡듯이 이야기에는 주목을 끌 만한 독창적인 시작이 아주 중요하다. 또한 이야기의 핵심은 구체적이고 목적이 분명할수록 잘 전달된다. 풍부한 콘텐츠가 좋은 이야기를 위해 절대적으로 필요함은 두말하면 잔소리다. 와인의 중심에 탄탄한 구성력과 풍부한 맛과 향이 필요한 것처럼 말이다.

부드럽게 입안을 압도하는 은은한 여운이 와인의 맛을 완성한다면, 이야기의 마지막 역할은 사람들 가슴에 오래 기억될 잔향을 남기는 것이다. 말이란 결국 듣는 이를 향하는 것이기에 청자들에게 웃음이든 감동이든 혹은 정보든 그 어떤 유익함이라도 안겨 주는 것이어야 한다. 좋은 향수와 와인 그리고 언어. 그 마지막 비결은 타인에 대한 애정과 사랑에 대한 갈망이다. 관계의 지속과 완성을 위한 노력이다. 누군가를 향기로

이야기는 사랑의 기억을 품고

기억하듯, 서로의 기억 속에 오래 자리할 그리움을 품게 하는 것은 결국 우리가 어떤 언어를 구사하는가에 달려 있다.

기억은 멀고
추억은 가깝다

10년 가까이 사귄, 오랜 연인을 둔 그녀가 묻는다.

"간밤에 무탈했나요?"
"그냥 뒤척였어요."

그녀 또한 강아지가 뒤척여 잠을 설쳤단다. 여자
는 다시 묻는다.

"왜, 무슨 일 있나요?"
"아니요. 추억이 많으면, 어떤 날은 그것으로 행

이야기는 사랑의 기억을 품고

복하다가 어떤 날은 그것 때문에 가슴이 막 시리고…"

그들의 대화는 거기서 멎는다. 아마도 가슴 시린 또 다른 기억을 남겨 주고 싶지 않아서겠지. 그 침묵 사이에 남자는 희미한 행복의 미소를 그린다. 그 순간도 추억이 될 테니 말이다.

기억과 추억을 나누는 기준은 과연 무엇일까. 난 관계의 상호성에 있다고 본다. 다시 말하면 짝사랑과 사랑의 차이라 할 수도 있겠다. 멀어지는 이야기의 끄트머리를 잡고 간신히 떠올리는 게 기억이다. 반면 곱씹을 만큼 곱씹어 착실히 스토리를 유지하다 못해 예쁘게 단장되고 적당히 살이 붙은 게 추억이다. 추억이 다르게 적히는 이유는 여기 있다.

남녀의 사랑이 이루어낸 결실을 두고 "역사를 쓰다."라고 말하던 시절이 있었다. 남자와 여자의 관계가 사랑으로 발전했을 때 이를 '역사'라고 표현한 것이다. 말로 기록되는 역사는 없다. 역사는 글로 남아 시간의 간극을 넘어 존재한다. 기억은 '말'에 가깝고, 추억은 '글'에 가깝다고 할 수도 있겠다.

뇌 과학자들은 인간의 기억은 차곡차곡 쌓여 있는 문서 파일과 같다는 것을 밝혀냈다. 허공에 던져진 말이 메아리를 따라 멀리 사라지듯, 어떤 기억은 우리 곁에서 멀리 있다. 심지어 뽀얀 먼지를 뒤집어쓴 듯 희미해져 다시 깨지 않을 깊은 잠을 자기도 한다. 그러나 어떤 기억은 손을 대면 파르르 되살아나 영상으로 펼쳐질 것만 같이 생생하게 제일 윗자리를 고수한다. 끊임없이 밥을 주고 물을 주며 곁에 두고 싶은 것, 그것이 추억이다. 기억은 멀고 추억은 가깝다.

이야기는 사랑의 기억을 품고

사랑을
빚는 사람

'남'이라는 글자와 '님'이라는 글자는 점 하나 달고 지우는 차이라던 유행가 가사가 떠올랐다. 여우가 사랑에 빠져 사람이 되고 싶어 하고, 그 후 결국 사랑에 목숨을 내던지는 신파 드라마를 본 직후였다. 세상 누구보다 인간적인 구미호는 '사람'에서 자음 하나만 예쁘게 다듬으면 '사랑'이 된다고 읊었지만, 그것을 다듬을 도구가 제 목숨인 것은 몰랐을 것이다.

그로부터 며칠 후의 늦은 퇴근길 지하철이었다. 내부는 평소보다 유난히 만원인 데다 취객도 많았다. 대략 사회초년생으로 보이는 두 여성이 짙은 소주 냄

새를 내뿜으며 땅이 꺼져라 한숨을 쉬었다.

"내가 그놈 잘 사나 두고 볼 거야!"
"그래, 난 항상 네가 아깝다 생각했어. 소개팅하자.
내가 멋진 남자로 알아볼게!"

그러고 나선, 다시 깊은 한숨과 긴 침묵이 두 친구의 결의가 남긴 여운과 함께 이어졌다. 뚝섬유원지역으로 향하는 청담대교 위에서 바라본 야경 때문이었는지 모른다. 창밖을 향하는 실연인失戀人의 눈빛이 아련했다. 훔쳐보는 내 마음까지 아려올 정도로.

가수 하림의 〈사랑이 다른 사랑으로 잊혀지네〉라는 노래가 있다. 이 제목은 때론 전적으로 맞는 이야기다. 다른 사랑을 찾는다는 속내에는 이별이 선행되었을 것이다. 이별은 결국 정도와 해석의 차이일지언정 상처일 수밖에 없다. 사랑을 다른 사랑으로 잊는다는 것은 어쩌면 사람에게 입은 상처를 다음 사랑으로 치유한다는 의미일 수도 있겠다.

사랑과 이별을 논리로 풀고 싶지 않지만, 지금까지의 경험에 의한 내 얕은 철학에 따르면, 온전히 치유

이야기는 사랑의 기억을 품고

하지 못한 상처를 안고 다음 사람을 만나는 건 서로에게 좋을 게 없다. 그런 사랑은 바이러스처럼 종국에는 자신의 상처를 상대에게 전이하거나 내던지는 상황이 되곤 한다. 나 역시 그렇게 저지른 옳지 못한 사랑이 있었다. 상처 입은 인간은 동물의 본성을 드러낸 약하지만 위험한 존재다.

법륜 스님은 "허한 마음을 무엇으로 채울지 찾는 것은 망상을 좇는 것과 같다."라고 말했다. 부처도 "독은 상처를 통해 스며든다."라고 했으며, 셰익스피어는 이렇게 묻기도 했다. "어떤 상처가 즉시 완치되던가요?" 그러면서 인내하지 못하는 사랑을 안쓰럽게 바라봤다. 다친 손가락을 보이면 모든 것이 그것을 향해 날아오른다는 말이 있다. 새로운 관계에 앞선 상처의 온전한 치유는 나와 상대 모두를 위해 중요하다. 여우조차 목숨을 내어 놓고 사람을 다듬어 사랑을 만든다 했는데, 온전치 못한 마음으로 누구를 사랑할 수 있을까.

사랑은 무無에서 유有를 창조하는 일이 아니다. 사랑은 유有에서 뉴New를 이루어 내는 과정이다. 각자가 지닌 재료를 잘 준비하고 이겨서 상대와의 상호작용을 통해 새로운 형태를 만드는 작업이다. 사랑을 말할 때

깎거나 다듬는다는 말보다는 '빚다'라는 언어가 더 잘 어울리는 이유다. 그 숭고한 과정의 인내와 배움을 통해 한 사람이 다듬어져 사랑이 된다는 것을 드라마 작가는 이야기하려 했을 거라고, 멋대로 해석해 본다. '사랑'을 잘 빚어내면 '사람'이 될 수도 있다는 의미이기도 할 것이다. 진실된 자아를 만나 더 나은 사람이 될지도 모르니 말이다. 우리는 각자 어떤 사랑을 빚으며 살고 있을까.

이야기는 사랑의 기억을 품고

싫어해.
아니, 미워해

조카 셋이 세상에 울음을 내지를 때까지도 난 아이가
없었다. 앞서 태어난 둘이 훌쩍 자라 내 키를 넘어서고,
늦둥이 막내가 초등학교에 갓 입학했을 때였다. 외할
머니네 집에 놀러 왔다며 즐거워하던 아이는 종종 내
방문을 빼꼼히 열고 들여다보곤 했다.

"삼촌, 뭐해요?"

쭈뼛거리며 물었던 것은 TV에 나와 뉴스를 하는
삼촌이 무서웠기 때문일까, 아니면 유독 군기 반장이

2장 여름

던 집안 어른이어서 싫어했던 걸까. 어느 날 내게 물어
온 질문이 그 궁금증을 더욱 증폭시켰다.

"삼촌, 싫어하는 거하고, 미워하는 거하고 어느 게
더 나빠요?"
"응? 누가 너 미워한대?"
"아니요, 삼촌이 나 싫어하는 거 같아서…. 히히."

그 순간 야구 중계 속 파울된 공이 화면을 뚫고 나
와 내 정수리에 떨어진 듯했다. 아이는 냅다 문을 닫고
할머니 방으로 뛰어가 버렸다. 그러고 나서 언제나 그
랬듯 조카에게 만 원짜리 한 장을 쥐어 집으로 보낸 후,
나는 가만히 생각에 잠겼다. 내가 조카를 싫어할 리 만
무했다. 첫째 조카를 조우했을 때만큼 신선함이나 신
기함은 물론 없었지만, 싫어할 이유는 뭔가. 급기야 생
각의 더듬이는 여기에 닿았다. 조카가 나를 미워하나?
그래서 물은 걸까?

싫어한다. 미워한다. 무슨 차이일까. 오래전 읽었
던 우화집의 이야기가 섬광처럼 생각의 빈틈을 채웠
다. 한 아버지가 공부는 뒷전이고 친구들과 어울려 시

간을 거품처럼 허공에 날리는 아들이 안타까워 미끼를 던졌다.

"아들, 언제까지 이럴 거야? 아빠가 제안 하나 할 게. 공부 열심히 해서 의대에 가면 네가 그토록 갖고 싶어 한 자동차 사 줄게."

이후 아들은 놀라울 만큼 달라진 모습으로 공부에 매진해 대학에 입학한다. 아들은 으쓱해진 어깨로 의기양양하게 아버지 앞에 섰다. 아들의 변화가 진정한 것인지, 차에 대한 욕심 때문인지 궁금해진 아버지는 아들에게 선물 상자를 건넨다. 그 상자에는 성경 한 권만이 덩그러니 놓여 있었다.

너무 실망한 아들은 선물 상자를 내팽겨쳤고, 대학에 진학하며 집을 나가버렸다. 시간은 속절없이 흘러 서로 화해하지 못한 채 아들은 의사가 되었다. 화해하기 위해 노력한 세월이 무색하게도 결국 아버지는 세상을 떠났다. 부자는 장례식에서 이승과 저승의 더 이상 좁히기 불가능한 간극으로 마주한다. 장례식에 온 아들에게 어머니는 그때 아버지가 준 성경을 다시 건넸다. 그제야 성경을 펼쳐 든 아들은 그 안의 편지를 읽고는 오열하고 만다.

"아들아, 네가 자랑스럽구나. 여기 차를 살 수 있는 수표를 넣었다. 그리고 성경을 차분히 읽어 보렴. 좋은 의사가 되어 세상에 선한 영향력을 미치길 바라는 간절한 아비의 마음이란다."

슬픈 이야기다. 물론 우화이기에 가능한 이야기지만, 우린 주변에서 비슷한 이야기를 자주 접한다. 작은 오해는 죽고 못 사는 사이를 죽여야만 분이 풀리는 견원지간犬猿之間으로 갈라놓기도 한다.

아버지는 아들의 방황을 안타까워했지만, 아들은 아버지의 마음도 모르고 한없이 미워했다. 결국 미움은 아버지와 아들 모두에게 되돌릴 수 없는 상처를 남겼다. 누군가를 누군가의 무엇인가를 싫어할 수 있다. 그러나 '미움'은 자신의 마음에 독을 쌓게 한다.

영단어 'Dislike'와 'Hate'의 차이는 이를 명확히 해 준다. "I hate you!"라고 외치는 사람은 그를 사랑했던 과거를 부정하는 자신과 맞서게 된다. 자신의 선

이야기는 사랑의 기억을 품고

택에 대한 분노는 시간이라는 약도 해결해 주지 못한
다. 라틴어 격언에는 이를 이렇게 썼다.

"Oderint modo metuant(증오할수록 쌓이는 건 두려움
뿐이다)."

7월의
매미에게

절기를 알려 주는 살아 있는 지표들이 있다. 바로 매미와 잠자리, 귀뚜라미 같은 곤충이다. 도시계획에서 소외되어 수십 년 녹슬고 쇠락해 가는 동네, 한여름 녹음은 오히려 더 짙고 푸르러 보는 것만으로 청량감이 있다. 그래서일까, 어떤 날은 매미가 내 방 창문 방충망에 붙어 몇 시간씩 울어댔다. 달콤한 아침잠을 설치게 하는 주범이지만, 나는 그 소리를 기꺼이 기상 알람으로 받아 준다.

장마가 물러간 직후에는 합창이라도 하는지 더 우렁차다. 그럼에도 짝을 짓기 위한 매미의 몸부림은 길

이야기는 사랑의 기억을 품고

어야 일주일이다. 이러한 지점은 어린 내게 매미를 세상에서 가장 로맨틱한 곤충으로 바라보게 했다. 며칠 잠 좀 못 잔다고 미워하거나 짜증의 대상이 될 연유는 없었다.

그날도 로맨틱한 합창 소리에 아침잠을 접고 미용실에 가는 길이었다. 낮은 담벼락 중간중간에 매미들이 기어올라 벗어 놓은 허물들이 붙어있었다. 얼마나 정교하게 벗어 두었던지 떼어 내서 본 후에야 주인이 떠나 텅 비어 있음을 알았다. 더듬이 하나부터 발톱 끝단까지 신기할 만큼 매미의 모습 그대로였다.

그중 하나를 바스러지지 않게 가볍게 움켜쥐고 미용실에 들어섰다. 오랜 단골로 나름 친한 사장에게 소중한 것을 숨겨온 마냥 손을 펼쳐 보였는데, 웬걸. 기겁을 하고 본인은 벌레를 싫어한다며 소리를 내질렀다. 벌레라니. 순간 표정 관리가 안 되었지만 싫어할 수도 있겠다는 생각에 미용실 밖 화단에 얌전히 놓아두고 들어와 자리에 앉았다. 어색한 공기가 민망했는지 사장이 주의를 환기했다.

"죄송해요, 소리쳐서. 예전 남자 친구가 이맘때 장

난하던 게 생각나서 나도 모르게…"

밝은 세상을 보겠다며 잡초마냥 듬성듬성 무성하게 밀고 올라온 새치를 염색하며 매미를 생각했다. 5년 여를 땅속에서 벌레로 지내다 비로소 곤충의 범주에 머무는 딱 일주일. 그들에게는 짝짓기를 하고 후세를 남기겠다는 본능보다 더 애절한 이유가 있었던 게 아닐까.

자신의 정체성을 찾고 온전한 몸과 날개, 울음으로 스스로를 알리는 시간. 사실 인간에게 울음이라 알려진 소리는 수컷들만 가진 특수한 발음기가 내는 구애의 소리이자 자신의 존재를 드러내는 시그널이다. 여름 한철 울어대는 그들이 마치 철모르던 우리들의 청춘을 닮았다면 비약일까.

염색약을 바르고 랩을 씌워놓아 당근 케이크 같은 우스꽝스러운 모습을 하고는 니체마냥 철학적 사색을 하는 고객이 기이했을 것이다. 사장이 머리를 감기며 건넨 마지막 말에 가슴에 서늘한 바람이 들었다. "매미가 다 울고 나면 금방 가을이 오겠죠?"

매미의 애절한 사연을 함께 이야기하던 젊은 날의

내 인연들도 그들의 울음소리를 들으며 나를 추억할까. 아니면 기겁하던 미용실 사장처럼 여름날의 불쾌지수를 더하는 불편한 기억일 뿐일까. 몇 번의 인연이 지나고 쉴 새 없이 울어 대던 매미의 계절을 또 한 번 넘기며 여전히 난 혼자다.

누구는 사랑을 위해 지상에서 주어진 고작 일주일의 시간을 온몸으로 울어 대곤 이내 길바닥에 볼품없이 나뒹구는 매미들을 안타까워한다. 또 다른 누구에겐 그저 가까이하고 싶지 않은 벌레, 혹은 열대야와 더불어 단잠을 훔쳐 가는 달갑지 않은 불청객일 뿐이다. 열정이 떠난 자리를 추억하는 인간의 기억은 그래서 서글픈지 모른다. 삶의 절정을 뜨겁게 살아 내고 서늘한 가을바람에 쓸쓸함이 찾아오듯 말이다.

지나간 기억들이 몰려와 버거울 때가 있다. 그럴 때면 매미들이 벗어 놓은 껍데기처럼, 털끝 하나까지 말끔하게 쏙 뽑아내 새 사람이 되고 싶다. 이렇게 멋지게 날아올랐노라 한 번 더 외치고 싶다.

매미들은 벗어 놓은 허물에 지난 기억까지 남겨두고 훨훨 날았을까. 어두운 땅 속을 헤매던 비루한 시절을 털어버리고. 우화羽化에서 화자를 꽃 화花로 바꾸어도 좋겠다. 꽃과 같은 깃을 단다는 의미가 될 테니. 사람도 그럴 수만 있다면. 같은 바람이었을까. 도가의 수행에서는 궁극적 목표점을 우화등선羽化登仙에 두기도 했다. 사람의 몸에 날개가 돋아 하늘로 올라가 신선이 된다는 이야기다. 속세의 번뇌를 벗어나는 길이 그만큼 힘들다는 의미였을 것이다.

어느새 매미의 열정이 사라지고 잠잠해진 공간을 잠자리들이 유유히 채우고 있다. 더불어 귀뚜라미의 울음이 그치고 나면 그들 모두를 흰 눈이 포근히 감싸겠지. 그렇게 또 겨울이 오고 봄이 가고 또 다른 여름이 찾아올 것이다. 돌아올 7월에 만날 녀석들은 5년 만일까, 아니면 17년 만일까. 착실히 소수*의 해를 지키는 그들의 약속이 새삼 신비롭다.

---

*   1과 자기 자신으로 나눠지는 수. 매미는 천적과 마주칠 가능성을 낮추기 위해 소수의 해를 지켜 지상에 나온다.

                                            이야기는 사랑의 기억을 품고

심장과
마음

어느 해인가, 내가 진행하는 토크 프로그램에 심장 수
술 전문병원의 대표이자 전문의가 출연했다. 추석을
지나 한결 공기가 차가워지기 시작할 무렵이었다. 사
촌이 어린 시절 선천적 판막 이상이 있어 수술했던 기
억이 선명하게 떠올랐다. 가슴 중앙에 길게 남겨진 수
술의 흔적을 보며 철없던 나는 이렇게 물었던 것 같다.

"형, 그럼 이제 같이 축구할 수 있어?"

심장은 곧 생명과 직결된다. 수술 전 무력한 사촌

의 삶을 보며 어린 마음도 내내 안타까웠으리라. 그래서 수술 후 처음 만난 형에게 이렇게 물었을 것이다.

1시간여의 방송 시간 동안 심장에 관한 이야기와 환자들의 사연을 들으며 마음이 따뜻해졌다. 요즘은 응급환자가 많아 병원 근무가 고되고, 생명과 직결된 치료에 대한 부담이 커서 심장전문의 지원자가 현저히 줄었다고 했다. 인기 있는 분야는 업무의 강도에 비해 돈을 많이 버는 몇몇이라는 걸 모르는 바는 아니었지만, 안타까운 마음이 커졌다. 그 와중에도 소외된 이웃을 위한 봉사도 게을리하지 않는다니 마음이 절로 훈훈해졌다.

그는 심장질환의 전조 증상은 호흡이 가쁘거나, 가슴이 두근거리거나, 가슴이 아픈 것이라는 정보도 전해 주었다. 나는 묘하게도 좋아하는 사람을 앞에 두면 두근거림과 동시에 숨 쉬는 것조차 조심스러워지는 것이 떠올랐다. 마찬가지로 마음에 품었던 사람과의 이별 또한 우리의 가슴을 아프게 한다. 그런 부분을 생각하면 심장과 가슴과 마음은 하나의 의미일지도 모른다는 생각이 들었다.

그래서 작가가 적어 준 건조한 끝인사를 하고 싶

이야기는 사랑의 기억을 품고

지 않았다. 나는 진심 어린 응원의 인사를 녹화 내내 고민했다. 그리고는 이렇게 전했다. 마치 출연자를 향하듯, 시청자에게 들려주는 듯.

"언어적으로 우리는 가슴과 마음을 하나의 의미로 사용하기도 합니다. 날이 한결 차가워졌죠. 어느 계절보다 우리 심장이 큰 역할을 할 때가 아닌가 싶은데요. 유난히 시린 신체 말단인 손끝과 발끝에 따뜻한 피를 보내기 위해 더 힘차게 뛰어야 할 테니까요. 연말이면 우리 사회 곳곳의 소외된 이웃들이 유난히 생각나는 것도 같은 이치가 아닐까 싶어요. 우리의 온기를 그들에게 전하기 위해 어느 때보다 마음 씀씀이가 더 부지런해야 할 때니까요. 앞으로도 따뜻한 피를 힘차게 돌게 할 심장들을 지켜 주시고, 꾸준히 이어왔던 어려운 이웃들을 위한 마음도 아낌없이 베풀어 주시길 응원합니다."

휘날릴 듯 긴 속눈썹을 가진 그윽한 눈빛의 메텔. 그런 그녀를 지켜내지만, 아직 철부지인 철이. 어머니를 찾기 위한 그들의 은하계 여정이 펼쳐진다. 탄탄한 원작을 바탕으로 잘 구성된 스토리라인. 여기에 "기차가 어둠을 헤치고 은하수를 달리면."이라는 가사로 시작되는 주제곡은 밥상을 미뤄두고라도 TV 앞으로 달려가게 했다. 고통 받고 버림받은 이들에게 한줄기 희망이 되어 주는 낙원으로 가는 열차. 애니메이션 〈은하철도 999〉다.

오랜 시간이 지나도 잊히지 않는 장면이 하나 있

다. 사랑하는 이를 잃고 그로 인해 가슴에 구멍이 뻥 뚫린 채 살아가는 남자의 이야기였다. 작품 속에 그려진 그 남자의 쓸쓸함을 〈은하철도 999〉에서는 다음과 같이 말했다.

> "바람이 남자의 가슴에 뚫린 구멍 사이를 통과할 때면, 그 바람 소리는 이 세상에서 가장 슬픈 노래 소리가 된다."

사랑하는 이가 배신했다고 생각한 순간, 여자는 붉은색 외투를 벗어 버리고 머리카락마저 새하얗게 변한 마녀가 된다. 그녀를 다시 이전으로 되돌리기 위해 남자는 20년에 한 번 핀다는 천설봉의 붉은 꽃을 기다린다. 마침내 꽃을 자신의 생명처럼 품에 안고 마녀 앞에선 남자. 과거의 기억에서 벗어나지 못한 그녀는 분노에 차 연인의 가슴에 비수 같은 머리카락을 꽂는다. 그 순간, 남자의 품에서 떨어진 꽃을 보고 그녀는 회한의 눈물을 흘리며 과거의 모습을 되찾는다.

세상을 삼킬 듯 몰아치는 눈 폭풍 속에서 홀로 꽃이 피기를 기다리는 남자. 그 남자에 대한 배신감으로 복수와 죽음만이 삶의 이유가 된 마녀. 그들의 삶을 다시 봄으로 되돌려 놓은 것은 결국 사랑이었다. 〈백발마녀전〉은 인간을 구원할 유일한 가치는 사랑임을 붉은 꽃으로 형상화해 우리에게 보여 준다.

전쟁의 공포를 암시하는 것일까. 참혹한 현실을 조금이라도 냉정하게 바라보기 위해서였을까. 실화에 기반한 〈쉰들러 리스트〉는 흑백 영화다. 모노톤의 무심한 시선과 감정이 아니면 살 수 없었던 시대였기 때문일 수도 있겠다.

유대인을 고용해 군수 물자를 만들던 오스카 쉰들러는 자신의 전 재산을 바쳐 단 1명의 생명이라도 더 구하기 위해 목숨을 건다. 그의 용기를 끌어낸 것은 빨간색 코트를 입은 3살 소녀였다. 꺼트리면 안 되는 마지막 불씨마냥, 마지막까지 지켜야 하는 심장처럼, 그렇게 간절히 살아 있기를 원했던 소녀. 그런 소녀가 처참히 학살된 이들 사이에서 발견되면서 쉰들러와 영화를 접한 모든 관객은 같은 목표를 공유하게 된다. 단 하나의 생명이라도 더 구해야 한다는 절박함. 사랑만이 이 척박하고 처절한 세상을 구원할 수 있음을 알기 때

이야기는 사랑의 기억을 품고

문이다.

사랑, 때로는 그것이 사람을 살게 한다. 사랑하는 이를 잃고 가슴에 구멍이 난 채 사는 만화 속 주인공. 20년의 시간을 품은 붉은 꽃으로 사랑을 되살려낸 남자. 더 많은 생명을 지켜낼 울림을 준 홀로코스트 속 빨간 코트의 소녀. 그네들은 우리에게 말해 준다. 사랑은 온 생애를 걸고 지켜야 할 분명한 가치인 것을.

2장 여름

몇 해 전 아나운서 연합회에서 일본으로 세미나를 다녀왔다. 나는 선후배 중 선정되어 홀로 외유에 나선 부담으로 선물을 챙겼다. 명함을 꽂을 수 있는 고양이 모양의 꽂이었는데, 특이하게 허리를 중심으로 상·하체가 분리되어 명함을 사이에 두고 자석으로 붙이는 형태였다. 다행히 선물은 모두에게 호평을 받았다. 선물한 후 한 달쯤 지났을 때였다.

"준호씨, 나 고양이 하체가 떨어져 깨졌네. 아까워서 어째. 생각해서 사 온 건데."

"선배, 그 고양이 명함 꽂이, 상체가 어디로 사라져 버렸어요. 정말 예뻤는데…. 대략 낭패."

이건 뭐 AS를 해 달라는 건지 정말 '대략 난감'했다. 각 세트마다 고양이의 무늬와 자세가 조금씩 달랐다. 각기 상·하체가 사라진 것들을 수거하고, 아깝지만 여분으로 사 온 새것을 하나씩 풀었다. 막상 돌아온 고양이의 일부들은 버릴 수 없어 서로 다른 무늬의 상체와 하체를 조합해 내가 쓰기로 했다. 다행히도 왼쪽만 분실하거나 오른쪽만 떨어진 슬리퍼처럼 짝이 맞지 않는 상황은 피했으니 가능했다.

사무실 책상에 올려 두고 가만히 보자니 앞뒤 다리의 높이가 맞지 않고 이질적인 무늬가 자꾸 신경 쓰였다. 명함을 꽂는 기능에는 큰 문제가 없었지만 말이다. 후배의 표현대로라면 '대략 낭패'였다.

사실 '낭패狼狽'라는 단어는 '낭패를 보다'나 '낭패를 당하다'로 써야 표준어에 부합한다. 낭과 패는 본래 전설 속의 동물이다. 묘하게도 '낭'은 뒷다리가 없거나 아주 짧고, '패'는 앞다리 2개가 없거나 아주 짧은 가상의 동물이다. 둘은 온전히 걷기 위해 협력했다. '패'가

'낭'의 등 위에 상체를 올려 서로의 앞다리와 뒷다리 역할을 해 주는 것이다.

마치 하근찬 작가의 소설 《수난이대》의 부자와 같다. 전쟁에서 다리 하나를 잃고 제대한 아들이 팔이 없는 아비의 짐 보따리를 받아 들고 업혀 개울을 건너는 장면은 많은 이들에게 가족의 사랑을 각인시켰다.

둘이 하나일 때 온전히 삶을 영위할 수 있는 관계. 머릿속에 그려지는 그림 위로 어린 시절 감명 깊게 본 류시화 작가의 〈외눈박이 물고기의 사랑〉이라는 시가 겹쳐 떠올랐다. 이 시에는 눈이 하나뿐인 물고기 '비목比目'이 등장한다. 두눈박이로 세상을 살기 위해 평생을 두 마리가 붙어 다녔다는 비목. 혼자 있음을 쉽게 들켜 버리는 수줍은 한 쌍의 물고기들, 그들의 사랑은 목숨이 다하는 순간까지 온전하지 않았을까.

우리는 모두 나름의 부족함을 안고 살아간다. 그럼에도 자신의 부족한 부분을 인정하지 않고 덮어 두려는 사람이 있다. 또한 타인의 부족한 면을 파고들어 힐난하는 사람도 있다. 그러면 종국엔 누구도 온전히 설 수 없게 된다. 서로의 부족한 면을 감싸 주고 보완하며 하나로 힘을 모으는 것이 모든 유형과 빛깔의 사랑

이야기는 사랑의 기억을 품고

이 지녀야 할 본질이 아닐까. 하나일 때 앞을 향해 걸음을 떼고 나아갈 수 있다. 함께일 때 온전히 두 눈으로 세상을 바로 볼 수 있다. '낭패'와 '비목'처럼 말이다.

슬픈 얼굴로
죽을 순 없다

"선배는 눈이 슬퍼 보여요."

내가 슬픈 얼굴을 한 아이였다는 사실을 대학생이 되어서야 뒤늦게 알았다. 사슴처럼 큰 눈망울을 가져서 들은 말이 아니었다. 내게는 유독 '슬픔'이라는 단어가 어린 날부터 따라다녔다. 희망을 짓밟는 현실 속에서 불안한 나의 꿈은 이룰 수 없는 꿈일 것만 같았다.

이뤄 놓은 것도 없는 나이니 명예가 있을 리 만무했고, 젖비린내도 가시지 않은 꼬맹이에게 체면이 있을 리도 없었다. 애늙은이같이 허상에 매몰된 삶은 결

이야기는 사랑의 기억을 품고

국 초라한 현실에서 비롯했다. 훌륭한 과학자가 되겠다거나 대통령이 되기를 꿈꾸지는 않았지만, 무턱대고 공부했다. 잠이 달아나게 해 준다는 약을 몰래 먹으며 밤을 새웠다. 기를 쓰고 선거에서 반장 자리를 꿰찼다.

행복도 안정도 주지 못하는 가정으로부터 나를 지켜 줄 보호막이 필요했다. 가진 것 없는 게 당연한 나이임에도 결핍은 늘 부끄러움과 동의어였다. 덕분에 《우리들의 일그러진 영웅》 속 엄석대 같던 동네 주먹들에게 두들겨 맞지는 않았다. 대걸레 자루를 들고 날뛰던 담임도, 흠모하던 여학생도 나를 우습게 보지 못했다.

체면을 유지하는 데는 또 다른 노력도 필요했다. 싼 가게를 찾아 청바지와 셔츠를 몇 벌 샀다. 5천 원짜리 흰색 단화를 곁들여 티끌 하나 없이 깨끗하게 입고 수시로 빨아댔다. 중학교 3년 내내 앙드레 김처럼 같은 스타일의 옷을 입어 별명이 '제임스 딘'이었다. 그래서였을까. 부잣집 아들이라는 행복한 오해를 받았고, 우리 집에 한 번 놀러 오겠다며 벼르는 친구들도 많았다.

하루는 여학생 2명이 방과 후 내 뒤를 쫓았다. 아마 우리 집을 찾아내겠다는 심산이었을 것이다. 나는 그걸 알고 있었지만 딱히 갈 곳도 없었고, 그렇다고 뛰

어 달아날 수도 없었다. 보란 듯이 집을 알려 줄 용기는
언감생심이었다. 허름한 주택가 단칸방에 세 들어 산
다는 것을 들키는 것은 죽기보다 싫었다. 마치 볼일이
있다는 듯 동네를 한참 배회했다. 나는 실랑이 끝에 지
친 여학생들이 사라졌음을 확인했다. 그때 내 나이는
고작 11살이었다.

　　그 후로도 고난과 시련은 주기적으로 나를 따라다
녔다. '사는 게 뭘까?' 하는 고민 속에 12년이 훌쩍 흘
렀다. 어느 날, 나는 한강변에 술병을 쥔 채 앉아 있었
다. 비가 내렸고, 빗방울이 만든 강물 위의 작은 파장들
이 끊임없이 서로를 상쇄시키며 묘한 편안함을 느끼게
했다. 그 안으로 조용히 걸어 들어가면, 괜찮다고 그리
고 애썼다고 위로하며 나를 감싸 안아 줄 것만 같았다.
위태로운 생각을 이어 가던 그때 나를 깨우는 목소리
가 있었다.

　　"저, 죄송하지만 담배 한 개비 얻을 수 있을까요?"

　　내가 담배를 피우지 않는다고 대답하자 남자는 우
산도 없이 터벅터벅 머물던 그늘막 아래로 걸어갔다.

순간 궁금해졌다. 분명 한강변에는 24시간 운영하는 작은 편의점이 있었다. 담배는 거기에서도 팔았다. 비에 젖긴 했지만 그는 옷차림도 평범했다. 그렇다면 답은 하나였다. 돈이 없는 것이다. 무슨 생각이었던지 난 편의점에서 담배와 라이터를 하나씩 사서 그에게 내밀었다.

"이러지 않아도 되는데…. 학생 고마워요."

그렇게 말한 남자는 맺힌 응어리를 풀어내기라도 하듯 어린 내게 신세타령을 일장 풀어놨다. 결혼을 두 달 앞둔 시점에 친구들과 강원도 홍천 시내에서 술을 마셨단다. 친구 녀석이 시비가 붙었고, 참지 못해 그만 싸움에 휘말렸다는 것이다. 결혼 준비도 빠듯한 판에 합의금을 낼 돈은 없었고, 이내 서울 구치소로 수감되었다는 사연이었다. 그사이 결혼 상대는 파혼을 선언했고, 아무것도 모르는 노모를 서울 구치소로 부를 수도 없었다. 수중에 돈이 없는 그는 홍천으로 돌아가지 못하고, 한강 둔치를 무턱대고 찾아왔다 했다.

그 이야기는 어린 내게는 세상 제일 슬픈 이야기

처럼 들렸다. 그는 지금의 내 나이 정도였던가. 아니, 더 젊었을까. 마치 미래의 내 모습을 하늘이 미리 보여 주는 게 아닌가 싶었다. 꿈을 꾸는 듯했다. 즉시 난 수 중의 돈을 다 털어 그에게 쥐어 주고는 뒤도 돌아보지 않고 집으로 향했다. 그리고 다음 날부터 술을 멀리하고 운동을 시작했다.

세기의 염세주의자라고 알려진 철학자 쇼펜하우어는 독일에 콜레라가 창궐하자 살기 위해 필사적으로 달아났다. "어쩔 수 없이 태어났다면 목숨을 끊는 게 최선"이라던 평소 그의 말과는 정반대의 행태였다. 그래서 이후 비난과 멸시의 대상이 되기도 했다. 그런 그마저도 "삶의 외로움과 고단함, 이로 인한 피해의식은 망상"이라고 비판했다. "누구나 정도의 차이가 있을 뿐 삶은 원래 고단한 것이라고, 당신의 삶만 유독 힘든 게 아니"라고 말했다.

손수건을 가슴에 차고 다니던 꼬맹이부터 학창 시절을 거쳐 최근까지 연락이 닿는 친구인 M은 어느 시점부터 나를 '진보의 사나이'라고 불렀다. 진보는 결국 어제보다 한 발짝 더 나아간 오늘을 의미한다.

이야기는 사랑의 기억을 품고

고단한 오늘을 비관하고 현실을 도피하거나 머물러 있는 젊음에게 알려 주고 싶다. "머물지 말고 흘러라." 머무르는 것은 주저앉아 시간을 좀먹는 일이다. 발걸음은 시간의 무게가 더해지며 천근만근 무거워질 것이 자명하다. 오늘 흔쾌히 발을 떼지 못하면 내일 그 몇 배의 무거운 다리를 옮겨야 하는 과제를 안게 된다.

나의 노력과 그에 따른 진보는 수십 년째 이어지고 있다. 여전히 힘들고 고된 삶일지라도 어린 날들에 비할 순 없다. 쇼펜하우어의 비관적 철학관에 입각해, 느리지만 꾸준하게 걷고 뛰기를 거듭하는 이유는 단 하나다. 슬픈 얼굴을 한 채로 죽을 순 없기 때문이다.

사랑은 위대하고,
평화는 고귀하다

연인들이 서로 사랑을 고백하는 날인 11월 11일은 '전사자 추도일'이기도 하다. 매년 사랑을 고백하는 이들의 손에 긴 막대 과자가 들려 있듯, 전쟁의 희생자들을 애도하고 평화를 기원하는 이들의 가슴에는 양귀비꽃이 달려있다. 흰색 양귀비꽃은 '망각'을 의미한다. 평화를 지켜낸 전사자들의 고귀함을 잊지 말자는 의미일 것이다.

어김없이 열린 추도식을 방송을 통해 전했을 때, 돌연 지난 여름을 날씨만큼 뜨겁게 달궜던 뉴스가 떠올랐다. 사관학교 교정에 수십 년 자리했던 한 전쟁 영

이야기는 사랑의 기억을 품고

웅의 흉상을 옮길지 말지에 관한 논란이었다. 다시 떠올려 보니 부끄러운 일이다. 하늘에 계신 그분들은 애초에 그런 걸 세워 달라고 한 적이 없다. 그들의 정신을 기리겠다고 부랴부랴 흉상을 세운 건 후손들이다. 그러고는 제멋대로 그때는 맞고 지금은 틀리다는 논리를 들어 이념의 주홍글씨를 찍었다. 하늘에서 그들이 보고 있다면 차라리 망각을 원할지도 모르겠다.

이념을 두고 벌이는 줄다리기는 때론 우리 가까이 다가와 일상을 흔드는 불청객이 되곤 한다. 지구상 유일한 분단의 현실이 가져오는 가짜 통증을 수시로 느낌은 한국인의 숙명이다. 전쟁을 직접 겪지 않았지만, 수십 년이 지나서도 되찾지 못한 상실과 또한 남겨진 전쟁의 흔적 때문이다. 마치 가짜 약이 실제로 통증을 줄인다는 '위약 효과'처럼 실체 없는 예방주사라도 필요한 것일까. 확실한 한 가지는 '망각'은 약이 되지 못한다는 것이다.

나라를 사랑하는 마음은 죽음도 초월하게 했다. 조국의 광복과 평화를 간절히 원했던 그들을 기리는 방식은 어쩌면 그들의 업적이나 동상 따위가 아닐지 모른다. 두 번의 전쟁을 겪은 헤르만 헤세는 소설《싯

다르타》에서 그들에게서 우리가 배울 점을 일찍이 알려 주었다.

"전쟁의 유일한 효용은 사랑이 증오보다, 이해는 분노보다, 평화는 전쟁보다 훨씬 더 고귀하다는 사실을 우리에게 일깨워 준다는 것뿐이다."

이야기는 사랑의 기억을 품고

3장 가을

나의 행복, 나의 언어

온전히 나로 존재한다는 것

대학을 졸업한 나는 운 좋게 바로 취업했다. 한때는 언론고시라 불릴 만큼 방송국 입사가 대단한 일인 듯 포장되던 시절이 있었다. 입사하고 보니 PD나 기자보다 입지가 좁은 것이 아나운서였지만, 사람들이 불러 주는 호칭에 그런 우열 따위는 잊고 우쭐한 삶을 이어 갔다. 많은 이들이 나를 부를 때 내 나이를 묻지도 않고 "아나운서님"이나 "앵커님"이라 불렀다.

나 역시 타인에게 나를 소개할 때면 "아나운서 김준흡니다."라는 말이 자연스럽게 나오곤 했다. 한 번은 직업을 앞에 내세우는 게 버릇없는 것이라는 선배의 지적이 있었다. 그럼 이렇게 하면 됐다. "김준호 아나운섭니다." 돌아보면 내가 누구인지, 하는 일이 어떤 의미인지 진지한 고민도 없던 치기 어린 시절이었다. 그렇게 몇 년이 흘러 강의를 시작했고, 나를 부러워하는 준비생들의 시선에서 돌연 이런 의문이 찾아왔다.

'저들이 욕망하는 것은 나의 직업일까, 아니면 나의 삶일까?'

내가 이룬 작은 성과를 위해 노력한 시간을 공유했지만, 그들이 바라보는 지점은 그런 과정 따위가 아니었다. 어떻게 하면 그 자리에 갈 수 있으며, 그 후에 누릴 한 줌의 시선은 얼마나 달콤한지, 그것이 그들의 지위를 얼마나 높여 줄 것인가에 온통 신경을 쏟는 듯했다.

최근 들어 이것이 마치 '공동 구매' 같다는 뜬금없는 생각이 들었다. 인스타와 같은 SNS 마케팅의 기본 원리는 "내가 써 봤더니 좋았어요."에 있다. 구전口傳 마케팅의 현대적 방식인 셈이다. 외모를 가꾸는 미용 제품부터 살을 빼 주는 커피, 아이들의 아토피를 진정시켜 주는 비누까지. 팔 수 있는 모든 것이 그렇다.

나의 행복, 나의 언어

그들이 내놓은 공동 구매의 함정에는 잘 각색된 삶의 미장센이 톡톡한 역할을 한다. 물론 진정성을 바탕으로 함께 가는 공동체적 공유 공간도 충분히 존재한다. 적어도 물건을 팔고 사는 그 순간만큼은 대부분 그런 것도 같다.

이야기를 더 확장해 보면 인간의 삶도 공동구매와 크게 다르지 않다. 그러하니 남을 흉내 내는 동시에 그들을 경멸하는 것이 아닐까? '극혐'이라는 극단의 언어까지 내놓는 것은 결국 스스로는 그렇게 되지 못할 거라는 체념과 그에서 오는 시기심 때문은 아닐까. 역으로 누군가를 칭찬하는 언어의 이면에도 자신 역시 타인으로부터 인정받고 싶다는 욕구가 자리해서는 아닌가 싶다.

인간이 타인의 욕망을 욕망함은 그것이 자의식의 원동력이 되기 때문이다. SNS와 그를 활용한 인플루언서들은 당당히 하나의 시장을 형성했다. 타인의 시선에서 만족을 구하는 대중의 속성을 정확히 간파한 것이다. '퍼스널 브랜딩'이라는 이름 아래 우리는 타인의 시선에 나를 맞추기를 강요받고 있는지 모른다.

문제는 자신조차 타인의 시선으로 바라보는 데 있

다. 아이러니다. 메타인지라는 생소했던 개념이 여기저기 우후죽순 남용되는 시대에 말이다. 메타인지의 본래 의미처럼, 자신을 냉정하게 바라보는 또 다른 내가 있어야 공부도 잘하고 말도 잘할 수 있다. 그러나 그 어떤 날들보다 우리는 타인의 시선으로 자신을 본다. 타인의 삶을 나의 기준으로 삼는다. 온전한 나로 서지 못하는 것은 자의식의 빈곤함 때문만은 아닐 것이다.

유행하는 차를 타고, 누군가가 발굴한 맛집에 가서 음식을 즐기며, 선망의 대상이 입고 신은 것들을 따라해 보고 싶은 욕망. 그 욕망을 충족하기 위한 노력은 자신 역시 누군가의 욕망이 되고 싶은 바람일 것이다. 돌고 돌아 애초 누구의 꿈이었는지, 누구의 욕망이었는지조차 알 수 없다.

'아나운서'는 직업을 지칭하는 명사일 뿐이다. 퍼스널 브랜딩은 자신이 하나의 브랜드가 될 것을 요구하지만, 애초에 삶은 박물관의 유물이나 백화점 가판대의 상품이 될 수는 없다. 모든 인간의 삶은 '동사'이기 때문이다. 동사로의 삶은 성실함을 대변한다. 명사에 갇혀 현실에 안주하는 순간, 자신의 부족함 따위는 잊고 발전도 사라진다. 자신의 한계를 규정지어 버리

나의 행복, 나의 언어

는 것이기 때문이다.

소통전문가 김창옥은 그의 가족사를 그린 다큐멘터리 〈들리나요?〉에서 이렇게 말했다.

"쉬긴 어떻게 쉬어? 똥이 마려우면 똥을 싸야 쉴 수 있지. 배가 고프면 밥을 먹고 나야 쉬는 거잖아. 내가 하는 말을 알아듣는 사람은 다 알겠지? 해야 할 숙제가 있는 거지."

그는 강연 무대에서는 소통전문가로 20여 년을 살아왔지만, 무대 밖의 삶에서는 행복하지 못해 보였다. 젊어서 청력을 잃은 아버지의 소리를 찾아 드리며 그는 마음속 깊이 밀어 두었던 자신의 아픔과 공허함을 마주하게 된다. 타인의 관계와 소통을 풀어 행복으로 가는 길을 제시해 왔지만, 정작 자신이 무엇으로 존재해야 하는지 길을 잃었던 것일까. 아니면 자기 자신과의 소통에서 소외된 삶을 살아온 걸까.

삶에서 우리를 유혹하는 것들은 항상 화려한 표면의 달콤한 향기인 경우가 많다. 남들이 하는 것, 남들에게 허용된 것들이 우리를 자극한다. 유혹을 이기고 온전히 나로 존재하는 비결은 따로 없다. 그저 내 안의 소리에 귀 기울이고, 내 의지를 끄집어낼 행동력을 갖추는 것으로 충분하다. 옷에 몸을 맞추며 살 수 없듯, 언제까지 타인의 시선에 나의 삶을 맞추며 살 수는 없는 노릇이다.

나의 행복, 나의 언어

레푸기움으로의 잠적을 꿈꾸며

나의 오랜 취미 중 하나는 수조 안에 작은 자연을 연출하는 것이다. 수초가 주가 되지만 어울리는 열대어를 선택해서 넣고는 한다. 이때 꼭 신경 써야 하는 지점이 있는데, 바로 피난처다. 라틴어로 '레푸기움'이라고도 한다.

종도, 크기도 다른 열대어들은 그 안에서 치열하게 영역을 다툰다. 자연스럽게 서열이 정해지며 그 과정에서 물리적 전쟁은 불가피하다. 전쟁에서 패한 녀석들은 자신의 공간을 빼앗기고 만다. 돌이나 나무 같은 구조물은 그런 녀석들의 생명을 지켜 줄 은신처가 된다.

수조 안의 생태계는 작은 세상을 보여 준다. 자연을 꿈꾸는 인간의 마음속에도 동경만 있는 것이 아니다. 반복되는 일상의 지루함과 관계의 피로함이 가져온 도피 욕구도 한몫한다. 우리에게도 직장과 사회생활에서 받은 상처를 치유할 피난처가 필요하다. 자연을 벗 삼는 리얼리티 프로그램이 중장년층을 중심으로 꾸준히 사랑받는 것도 같은 이유다.

매년 수차례 제주를 찾는 나의 마음도 크게 다르지 않다. 제주 여정에 차귀도 트레킹은 빼놓을 수 없다. 시작은 한 TV 프로그램의 제목 때문이었다. 〈잠적〉. 침잠, 잠행, 잠적 모두 잠길 '잠潛' 자를 포함한 단어들이다. 잠기고 가라앉은 끝에 자맥질을 한다는 의미의 '잠' 자다. 자연스레 바다가 연상된다.

일상의 침잠沈潛은 우리에게 잠행潛行을 꿈꾸게 한다. 고단한 현실에서 드러내지 못하는 슬픔이나 무기력함이 중력처럼 바닥으로 끌어당겨 끝없이 가라앉을 때가 있다. 차분한 성정의 사람일수록 그 심연을 가늠하기 어렵다. 그대로 익사해 버릴지 모른다는 두려움이 목까지 차오를 때 오히려 살기 위해 잠행에 나선다.

나의 행복, 나의 언어

남들이 모르게 숨어 다닐 곳은 물속이나 땅속 아니면 숲속이다. 잠행이 길어지면 결국 잠적潛跡에 이른다. 익사할지언정 소멸할 수는 없기에 종적을 완전히 감추는 것일까. 숨지 않고 치유할 수 있었다면 잠적하지 않았을 것이다.

차귀도를 오가는 배는 이르면 낮 2시 언저리에 끊긴다. 썰물 때가 되면 배를 댈 수 없기 때문이다. 이 배를 놓치면 8년 전 무인도가 된 후 집터만 남은 야생의 섬에서 하룻밤을 꼬박 홀로 보내야 한다. 할 수만 있다면 승선 신고서를 쓰지 않고 그렇게 해 보고 싶었다.

'단 하루지만 나만의 완전한 레푸기움을 누려볼 수 있을까?' 지난 여름, 차귀도 중턱에 덩그러니 홀로 남은 채 다 부서진 집터를 보며 이런 생각을 했었다.

온전한 레푸기움은 결국 완전한 단절을 이겨낼 용기에서 시작하는지도 모른다. 차귀도의 바위에 부딪히는 파도 소리와 가끔 말을 걸어오는 풀벌레들, 바람이 독려해 서로를 비비며 내는 애정 어린 바스락거림 속에서 나는 멀찌감치 떨어진 어미 섬인 제주를 바라볼 것이다. 내일이면 돌아갈 수 있는 그 따뜻한 품이 있어 레푸기움은 더욱 포근하겠지.

세상이라는 치열한 전쟁터에서 처절히 피 흘리던 날들을 잠시나마 온전히 잊을 수 있다면, 그곳이 꼭 천혜의 대자연이나 아무도 못 찾을 오지일 이유는 없다. 숨어드는 것만으로도 온전히 내게 평화를 줄 수 있는 곳. 언제든 몇 번이고 내 마음에 안정을 가져다 주는 공간. 자신을 향해 달려드는 차가운 시선과 날카로운 이빨에서 자유로울 수 있다면 단 한 평의 공간이라도 족하다.

앵커가 뉴스를 전하는 데 있어 가장 중요한 것은 '쉼표'를 찍는 것이다. 뉴스의 흐름과 자신의 호흡에 맞춰 적정 지점에서 쉬어야 한다. 그냥 쉬는 게 아닌 숨을 들이쉬는 것이다. 말은 들이쉰 공기를 내뱉으며 성대와 조음기관을 통해 파장으로 내뱉어진다. 쉼이 없으면 호흡이 없고, 호흡이 없으면 말도 없다.

자신만의 쉼표를 찍는 행위도 마찬가지다. 그것이 레푸기움이든 퀘렌시아든 성소^{聖所}든 상관없다. 어떤 공간일 수도, 장소일 수도 있다. 눈을 감고 차분히 찾아간 명상 속 어딘가여도 괜찮다. 자신의 일상에 적절한 쉼표를 찍는 것, 생기 잃은 삶에 자양분을 공급하고 건강한 자아를 회복하는 치유의 길이다.

항행선
恒幸選

뒤늦게 팀장을 단 후 신입 아나운서 2명이 입사했다. 10여 년 만에 워크숍이란 걸 계획했는데 시작부터 녹록치 않았다. 우선 제법 늘어난 머릿수에 비용이 부족했고, 업무시간이 제각각인 아나운서들의 일정을 조정하기도 힘들었다. 설상가상으로 5월의 푸름이 모두를 제주도로 이끌었는지 섬 탈출이라는 표현이 어울릴 만큼 돌아오는 비행기 편이 없었다. 간신히 모든 준비를 마친 전날이었다. 몇 시간 후 새벽 비행기로 출발할 예정이었다. 그때 신입 여자 아나운서 U가 문자로 대뜸 물어왔다. "선배님, 좌우명이 뭐예요?"

당황했고, 당돌하다 생각했다. 좌우명이라니….
잠깐 고민하다가 내가《좋은 사람이 좋은 말을 한다》에
썼던 '극적 행동'이 떠올라 이렇게 보냈다.

"침 뱉지 말자. 욕 하지 말자. 한숨 쉬지 말자."

내가 태어나 유년 시절을 보낸 지역은 서민들이
많이 살았다. 9할의 부모들은 맞벌이를 했다. 아이들은
좋게 말하면 자유로웠고, 나쁘게 말하면 거의 방치된
채 자랐다. 8할의 아이들이 공부와는 담을 쌓았다. 나
이에 비해 되바라진 아이들도 많았다. 입도 거칠었다.
욕을 섞지 않으면 말을 잇지 못했다. 어린 내 눈에는 그
것이 마치 가난의 상징 같았다. 아나운서가 되고 싶다
는 꿈조차 못 꿀 어린 나이에 정갈한 말을 가려 쓰기 시
작한 이유다.

거친 아이들 중 3할 정도는 담배도 폈다. 영화나
드라마 속 흡연 장면에 모자이크가 없던 시절. 홍콩 영
화에 등장한 잘생긴 건달들은 아주 맛있게 담배를 피
웠고, 멋있게 연기를 내뿜었다. 동네 문제아들에겐 이
보다 더 흉내 내기 좋은 게 없었으리라. 그렇게 담배를

피워대던 녀석들 주변은 해가 쨍한 날에도 축축하게 젖었다. 바닥이 흥건해질 때까지 침을 뱉어댔기 때문이다. 녀석들이 우르르 몰려 지나가고 남겨진 그것은 마치 치기 어린 방황이 남긴 후회 같았다.

그런 모습들은 나를 채찍질하기도 무력하게도 했다. 밤새 공부해 성적이 오른다고 해서 내가 이 굴레에서 자유로울 수 있을까. 중학생이 되며 이런 생각들은 더 확고히 자리 잡았다. 삼총사라 불리며 어울리던 옆 반 반장 두 녀석이 동네와 다리 하나를 두고 마주 보던 청담동으로 떠나버렸기 때문이다. 경찰 공무원과 사업을 하던 아버지를 둔 녀석들은 다 계획이 있었던 모양이었다. 난 혼자 남겨졌고, 자전거 뒷자리를 흔쾌히 내어 주던 친구들의 배려도 사라졌다. 하루하루 머리를 떨군 채로 담배 연기를 뱉어 내듯 깊은 날숨만 쉬어대던 시절이었다.

결국 어린 날부터 되뇌던 세 가지 금기는 나를 지켜내기 위한 주문인 셈이었다. 좌우명 같지 않은 행동 강령을 받아 본 신입 아나운서 U는 이렇게 답을 해 왔다. "〈피, 땀, 눈물〉 패러디예요?"

그러고 보니 그랬다. BTS의 노래 가사를 가만히

다시 음미해 봤다. 너란 감옥에 중독돼 도망치지 못하게 해 달라는 절규가 담겼다. 너란 사람과 사랑에 심취한 스스로가 너무 달콤하다고도 털어놓는다. 피와 땀 그리고 심지어 눈물까지 주고도 모자라 마지막 춤을 추겠다는 의지에 박수를 보낸다. 자신이 간절히 원하는 바이기에 어쩌면 행복한 중독일 테니.

어린 시절 나의 행동강령과 BTS 노래의 공통분모는 '헌신獻身'이다. 헌신하다 헌신짝처럼 버려지는 굴욕도 많이 겪고 보아온 터라 이게 또 유쾌하지만은 않다. 헌신은 '몸과 마음을 바쳐 안간힘을 다한다'는 의미도 된다.

안도현 시인은 시 〈너에게 묻는다〉에서 "너는 누구에게 한 번이라도/ 뜨거운 사람이었느냐"라고 썼다. 단 한 번의 뜨거움일지언정 무엇인가를 위해 불태워본 적 없는 이들은 헌신의 가치를 모른다. 이러한 지점을 가장 선명하게 추앙한 구절이 아닐 수 없다.

헌신은 히브리어로는 '네다바'에 가깝다. 이는 '기꺼이 헌신하다'와 더불어 '자극하다'라는 의미도 담고 있다. 누군가의 마음을 자극하고, 나아가 자신을 자극해 행동하도록 독려함을 가리키는 것일까. 행복은 그

나의 행복, 나의 언어

자체가 목표여야 한다. 그 행복을 위해 행동해야 한다. 행복을 찾아가는 과정이 행복임을 알아야 한다. 어쩌면 'GRIT'*의 본색인지도 모르겠다.

복잡하고 다양한 해석이 무안할 만큼 후배 U가 좌우명을 물어온 이유는 일차원적이었다. 워크숍이라는 타이틀에 맞게 팀원들의 이름표를 준비했고, 이름 뒷면에 각자의 좌우명을 적어 놓은 것이다. 그런데 내 이름표 뒤 좌우명에는 예상치 못한 한 줄이 덧붙여져 있었다. "항상 행복을 선택하세요."

피와 땀과 눈물을 사랑하는 이에게 바치고 칩과 욕과 한숨을 참아 내던 내 행동은 결국 행복을 갈망하는 과정이었다. 더 이상 스스로를 위해서든 타인을 위하든 헌신하지 말라는 말처럼도 들렸다. 그 누군가 또 내게 좌우명을 물어온다면 이제 이렇게 답하리라.

"항상 행복을 선택하라."

---

* 심리학자 엔젤라 더크워스가 개념화한 용어. 성공과 성취를 끌어내는 데 결정적 역할을 하는 투지 또는 용기를 뜻한다. 다시 말해, 재능보다는 노력의 힘을 강조하는 개념이다.

죽	은		이	의		얼	굴	에		대	고		뜬	
밀	랍		틀											

치열한 취업의 문을 뚫은 후, 나의 첫 출장지는 중국이
었다. 취재를 맡았던 기업의 현지 공장을 돌아보고 몇
몇 관광지도 짬을 내서 들렀다. 경극 관람은 빼놓을 수
없는 일정이었는데, 그중 변검变脸 공연을 보게 됐다. 칼
과 칼이 부딪는 특유의 파찰음과 간드러진 창법, 고개
를 재빠르게 돌릴 때마다 가면이 바뀌어 다른 표정을
짓고 있는 주인공은 정신을 쏙 빼놓기에 충분했다.

요즘 들어 변검이 세상사를 풍자한 연극이라는 생
각이 든다. 돌연 궁금해져 변검에 대해 찾아보니 사천
성 일대의 독특한 공연 문화로 '천극'이라 불린다는 것

을 알게 됐다. 유형에 따라 가면으로 얼굴을 가리거나, 화장품이나 물감으로 짧은 순간 얼굴을 칠하기도 지우기도 하는 공연이다.

변검은 일종의 트릭이라 마술과 흡사하다. 접착제로 정교하게 붙인 수십 개의 얇은 가면을 겹쳐 쓰고 보이지 않는 실을 티 나지 않게 잡아당겨 가면을 하나씩 걷어낸다. 극의 흐름과 분위기에 맞춰 표정을 바꾼다. 그러고 보니 이런 점이 현대인들의 삶과 닮았다.

휴대전화와 다양한 애플리케이션은 원하는 외모로 변신하게 도와준다. SNS 위의 삶은 모두가 미인이자 몸짱이며 여행가이자 미식가다. 일상에서는 페르소나라는 보이지 않는 가면으로 적당히 꾸미고 감추며 연기한다. 커뮤니케이션의 측면에서 이는 모두 자신의 인상을 관리하는 행위다. 흔히 말하는 이미지 관리다.

이미지$_{Image}$는 '죽은 이의 얼굴에 대고 뜬 밀랍 틀'을 의미했던 라틴어 이마고$_{Imago}$에서 파생된 단어다. 더 이상 바꿀 수 없는 영면$_{永眠}$에 든 얼굴이 비로소 한 개인을 규정하는 유일한 객관적 지표라는 의미일까.

이미지는 하나의 대상이 사람의 마음에 남기는 자국이다. 마음에 인상을 새기거나 남기는 대상이 무엇이든, 자국과 대상 사이에는 유사성이 존재한다. 그리고 이는 시간과 관계 그리고 사건에 따라 끊임없이 변해간다. 한 사람의 이미지는 고정 혹은 지속되지 않는다는 뜻이다. 죽은 후에 떠낸 탁본은 이윽고 타인의 마음에 남겨지는, 더 이상 변하지 않을 마지막 이미지가 된다.

고도화된 기술이 이끄는 대중문화는 이미지의 고전적 의미를 무색하게 만들었다. 스마트폰과 그를 기반으로 한 SNS의 다양한 도구들은 왜곡되고 자의적인 이미지를 만들어낸다. 다니엘 부어스틴은 일찍이 《이미지와 환상》에서 이미지화된 현대 사회를 비판했다. 신神마저 가짜 사건이 될 정도로 이 사회는 병들어 있다고 지적했다. 그러면서 우리가 원하는 방향으로 만들어진 신의 이미지는 결국 "자기만족적 예언"일 뿐이라고 썼다.

자기만족적 예언. 이보다 더 적확한 현실 인식이 있을까. 공산품처럼 대량으로 생산되고 소비되는 이미지의 홍수 시대에서 사람들은 이미지로 판단하고 선택한다. 문명과 기술이 그것을 돕고 급기야 스스로 변검과 같은 수십 장의 가면을 그리거나 덮어쓴다. 타인에게 좋은 이미지를 보여 주기 위해 모든 것을 쏟아붓고 있지만, 정작 본질은 뒷전이 되고 만다.

'본캐'나 '부캐'와 같은 신조어도 하나의 정체성으로 온전히 세상을 살아 내기 두렵다는 방증일 수도 있다. SNS에 실시간으로 뜨는 낯선 이들의 일상을 부러운 마음으로 탐닉한다. 하찮은 가십에 몰두해 의미 없는 뒷담화로 부정적 태도를 키운다.

짧게 편집된 영상들을 하염없이 넘기다 현실의 삶으로 돌아오면 모든 것이 느린 화면 같아 조급증이 몰려온다. 주체할 수 없는 스크롤은 이미 '주의'의 단계를 넘어 '중독'되었음을 여실히 보여 준다.

현실에선 내 마음처럼 되는 일이 하나도 없다. 나만 뒤처진 삶을 산다는 망상은 오히려 삶의 의지를 꺾고 현실 회피의 핑계로 전용된다. 사이버상에 넘쳐나는 '자기만족적 예언'을 자신의 것과 동일시한 부작용이다. 그 예언들은 이루어질 수 없는 슬픈 허상이기 때문이다.

'예언'과 '만족' 사이의 간극은 결국 자신이 메워야 할 과제다. 진정한 자기만족은 타인의 꿈을 좇거나 실행 없는 긍정만으로 얻을 수 없다. 우리에게 주어진 유일하며 공평한 절대 가치가 있다. 바로 시간이다. 타인에게 잘 보이기 위해 혹은 타인의 욕망을 욕망하며 금가루처럼 떨어져 내리는 내 인생의 모래시계를 보지 못하는 것은 아닌지. 모래시계의 마지막 알갱이가 떨어지고 비로소 영면에 들었을 내 얼굴의 탁본은 어떤 모습일까.

삶과 관계에서 언제나 경계해야 할 것은 왜곡된 자아自我다. 좋은 이미지를 갖춘다는 것은 본연의 자리에서 자신의 삶을 충실히 살아냄을 뜻한다. 자신과 맞지 않는 수많은 페르소나는 연극 속 변검과 같다. 자신과 주변을 잠시 속이는 얕은수에 지나지 않는다. 수십 장의 가면을 겹쳐 쓰더라도 이윽고 민낯이 드러나는 순간은 온다.

나의 행복, 나의 언어

어부의 품격은
잡은 고기에서 나온다

어렸을 때, 방바닥에 상을 펴고 아버지와 단둘이 김치 하나로 해결하는 끼니가 싫었다. 농구를 하던 누나는 학교 기숙사에서 생활했고, 어머니는 야근으로 집을 비우시는 일이 잦았다. 누군가는 식사 준비를 해야 했기에 내가 찌개를 끓이고 소시지를 볶았다.

꿈을 논한답시고 친구들과 어울려 밤새 술을 마시던 혈기왕성한 20대엔 밥상을 잊었다. 그러다 문득 마주한 김치 하나, 김 한 장으로 대충 때우는 부모님의 식사가 맘을 때렸다. 다시 칼을 들고 무술을 익히듯 난이도 있는 한식들을 차려냈다. 한때는 사랑하는 그녀를 위해 가 보지도 못한 유럽 구석구석의 가정식을 그럴 싸하게 흉내 내는 기염을 토했다.

요리 좀 해 봤다는 사람들은 안다. 주변의 맛 품평에 어깨가 으쓱해 질 때쯤이면 자연스레 그릇과 냄비 같은 소위 테이블 웨어에 눈을 돌리게 된다. 골프에 푹 빠진 친구들이 어떻게든 스코어를 쉽게 줄여 보겠다는 욕심에 애꿎은 채만 바꿔대거나, "캠핑의 완성은 장비"라고 외치는 이들의 심리와 같다고나 할까.

내가 진행하는 토크 프로그램에 출연한 '광주요'의 회장은 어머니를 위해 그녀가 평생 해오던 도예 사업에 뛰어들었다고 했다. 그러나 어느 순간 세계 무대에서 천대받는 한국의 음식과 음식문화에 큰 충격을 받았고, 이는 그의 삶에 큰 전기轉機가 된다.

"한국의 도자 그릇에 담기는 음식과 그 음식을 대접하는 공간을 고급화하자!"

그는 음식을 알리기 위해 음식이 입는 옷과 같은 그릇을 아름답게 만들어 내고, 맛있는 음식이 담긴 그릇이 대중과 만나는 공간을 한국의 아름다운 정서로

나의 행복, 나의 언어

꾸몄다. 단순히 5천 원짜리 김치찌개를 보기 좋게 담아 2만 5천 원에 내놓는 것이 아닌, 식문화 전반을 세계적 수준으로 끌어 올리겠다는 꿈을 꾸게 된다.

앞서 나는 저서 《좋은 사람이 좋은 말을 한다》를 통해 이야기의 본질이 중요함을 강조했었다. 사실을 전달하기 위한 감정의 포장지나 케이크를 돋보이게 하기 위한 설탕 장식은 2차적인 문제라고 말이다.

진정한 실력자는 장비를 탓하지 않는다고 했던가. 분위기 좋은 공간도, 음식을 돋보이게 할 그릇과 수저도 중요하다. 그러나 본질은 음식이다. 음식에 담긴 전통과 정성과 맛이다. 본질이 생생하게 살아있어야 조력자들도 의미를 갖고 생명력을 유지할 수 있다.

이미지를 구성하는 요소인 호감과 신뢰 역시 전문성을 갖추지 못하면 완성되지 않는다. 테이블 웨어는 그저 음식을 조금 돋보이게 하는 옷일 뿐이다. 언제까지 "보기 좋은 떡이 먹기도 좋다."나 "옷이 날개"라는 말 뒤에 숨을 수는 없는 노릇이다. 테이블 웨어는 그저 거들뿐이고, 어부의 품격은 잡은 고기에서 나오는 법이다.

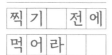

찍기 전에
먹어라

가끔 방송에서 오래전 카페에서 목격한 젊은 커플의 모습에 관해 이야기하고는 한다. 아무리 말보다는 초성이나 축약어를, 통화보다는 '톡'으로 대변된 문자를 활용하는 세대라지만 다소 충격적인 장면이었다. 마주 앉은 남녀는 근 30여 분을 대화 없이 각자의 휴대전화만 들여다보고 있었다. '싸웠나?'라는 생각이 드는 순간, 드디어 여자가 먼저 입을 열었다.

　"맞지? 오빠도 그렇게 생각하지?"

　　　　　　　　　　나의 행복, 나의 언어

그러고는 다시 정적. 이후 비슷한 상황이 뜸하게 반복되었다. 화장실에 가기 위해 그 옆을 지나가는데, 두 사람의 휴대전화 화면이 스치듯 보였다. 맙소사. 두 연인은 '톡'을 통해 대화를 이어 가고 있었다. 카페에 마주 앉아서 말이다.

우리의 삶은 IT의 편의성에 기댄 지 제법 오래됐다. 집에 들어서자마자 음악을 듣기 위해 '지니'를 외치고, 이제 많은 가구에서 TV조차 찾아보기 힘든 시대가 됐다. 유튜브나 OTT 기반 서비스는 휴대전화 하나면 충분하기 때문일 것이다.

그러하니 집에 휴대전화를 두고 나오기라도 한 날은 그 불안과 초조가 극에 달할 만도 하다. 잠깐이라도 떨어지면 제대로 된 생활이 어려운 상태다. 엄마 잃은 아이가 아닌 휴대전화 없는 현대인의 모습이 더 애절하다면 과장일까. 물론 편리한 점도 많겠지만, 제대로 된 관계를 방해하고 건강을 위협하는 존재가 스마트폰이라는 것을 온전히 부정할 수 없는 게 사실이다.

하긴 언제부터인지 작가로부터 내레이션을 위해 원고를 받을 때 '톡'으로 오기 시작했으니, 나 역시 익숙해질 만도 하다. 그럼에도 항상 프린터로 인쇄된 원고를 받아 들고서야 더빙실로 향하는 나는 꼰대라고 불려도 할 말이 없다. 하지만 그렇지 않다고 대신 항변해 줄 전문가들의 의견도 제법 많다. 주위에 휴대전화가 있다는 것을 인식하는 것만으로도 사람들의 집중력이 현저히 저하된다는 연구가 대표적이다.

이 정도 상황이라면 부모가 아이에게 할당하는 휴대전화 사용 시간처럼, 스스로에게 행동 강령이라도 내려야 할 판이다. 실제로 관광객들을 상대로 일찍이 이런 시도가 있기도 했다. 10년 전이기는 하지만 휴대전화 사용 제한에 도전했던 호주 선샤인 코스트는 7개의 행동 강령을 권하기도 했다. 그중 하나는 나 역시 친구들과 만나면 외치곤 했던 내용이다. "찍기 전에 먹어라!" 이 말을 이렇게 바꿔 보면 어떨까?

"찍지 말고 먹고, 마주 보며 대화하라!"

나의 행복, 나의 언어

회고절정

인생을 등반에 비유한다면 정상은 생각보다 이른 시점에 다가온다. 산을 오르는 동안에는 젊음과 희망이라는 동행이 있어 외롭지 않다. 그러나 삶은 정상에 가까워져 올수록 가파르고 좁아진다. 어느새 함께하던 동료들도 하나둘 사라지고 보이지 않는다.

완등의 희열이 다가옴과 동시에 내리막에 대한 아쉬움이 조금씩 엄습한다. 혹자는 이를 오르는 동안에는 보이지 않던 산 너머 반대편 기슭에 기다리는 죽음을 감지하기 때문이라 했다.

결혼을 하고 아이를 낳아 그들이 제 길을 찾아 떠

나고 나면 비로소 알게 된다. 자신의 삶에는 더 이상 중요한 일이 얼마 남지 않았다는 것을 말이다. 하루가 멀다고 울려대는 휴대전화의 부고訃告는 나 역시 그 문자의 주인공이 될 것임을 예고하는 듯해 정신이 번쩍 든다. 받쳐주지 않는 체력을 쥐어 짜내고 허투루 새 나가는 시간의 모래를 움켜쥐려 안간힘을 쓰는 배경도 여기에 있으리라.

영화 〈그래비티〉에는 어린 딸을 먼저 하늘로 보낸 어머니의 우주 고난기가 그려진다. 그녀는 가장 소중한 존재가 떠난 후 삶의 의미가 모두 소진된 상태였다. 지구의 중력으로부터 멀리 달아나고 싶은 마음과 달리 무한한 우주의 어둠 속에서 삶에 대한 열정을 되찾는다. 우주 폭풍에서 홀로 살아남은 라이언 스톤은 천신만고 끝에 중국 우주정거장의 탈출선에 도착한다.

　"기적처럼 살아 모험담을 들려주거나, 십 분 내로
　불타 버리거나. 둘 다 멋진 일이야. 난 준비됐어!"

평소 우리는 땅을 딛고 서서 걸음을 옮기는 것이 지구의 중력과 대기의 압력 때문에 가능한 것임을 느

　　　　　　　　나의 행복, 나의 언어

끼지 못한다. 마찬가지로 삶이 일상에 매몰되어 하루
하루 정신없이 흐르는 동안에는 자신의 존재 이유를
잊고 산다. 회고 절정의 시기를 지나 더 이상 새로울 것
이 없는 날들이 반복되면 이내 지루함과 권태 속에 삶
의 의욕마저 잃어 간다.

어린 날 우리는 세상의 중심이며, 모두가 자신을
주시한다고 생각한다. 어른이 되고 삶의 중심이 점차
배우자로, 자녀로 옮겨 가며 자연스레 자기중심성은
사라진다. 〈그래비티〉의 주인공은 모든 것을 잃고 죽음
의 문턱에서야 다시 삶의 의지를 되찾았다. 모든 것을
잃었다 생각했지만, 인생의 주인공은 여전히 자신임을
깨닫게 된 것이리라.

영화 〈레미니센스〉에는 추억을 소환해 현실처럼
경험하게 해 주는 전문가가 등장한다. 잊을 수 없는 혹
은 잊고 싶지 않은 기억들. 아니 그 기억 속에서 벗어날
수 없는 아픈 영혼들이 주 고객이다. 어떤 이는 사랑했
던 그녀와 행복했던 순간을 반복해 들여다본다. 또 다
른 이는 먼저 하늘로 간 아들과의 기억을 붙잡아 두려
매일 이곳을 찾는다. 간혹 어디서 잃어버렸는지 모를
물건을 찾기 위해 희미한 기억 구석을 들춰 보는 이도

있다.

타인의 기억을 무한 재생해 주는 주인공 역시, 사라져 버린 연인과의 기억 속에서 단서를 찾고자 위험을 무릅쓰고 회고 절정 Reminiscence Bump 을 되풀이해 주는 기계에 삶을 내맡긴다. 영화는 결국 자신이 수없이 리플레이하던 추억에 가려져 자신이 놓치고 말았던 평범한 일상의 소중함을 일깨운다.

사람들은 묻는다. "인생 최고의 순간이 지나갔다 생각하느냐"라고. 회고 절정은 결과론이다. 삶은 우리가 용기를 내 새로운 걸음을 내딛는 한, 결코 끝나지 않을 이야기다. 삶의 중심을 향해 과감히 진입 버튼을 눌러야 한다. 저 멀리 보이는 정상을 향한 발걸음을 멈추지 말아야 한다. 비록 10분 후 내 몸이 불타서 한 줌 먼지로 사라질지라도, 맞은 편 산기슭에 죽음이 기다리고 있을지라도.

나의 행복, 나의 언어

동갑내기 중견 개그맨들이 남자들만의 독박 여행을 하는 프로그램이었다. 동남아의 어느 식당에서 밥값 내기로 콜라 한 캔을 들이켠 후 트림 오래 참기를 하고 있었다. 규칙으로 아무 말이라도 해야 했다. 그런데 돌연한 출연자가 아이들에게 영상 편지를 전하다 울기 시작했다. "뼛속까지 희극인"이라는 말처럼 자꾸 웃기려든다고 핀잔이 쏟아졌지만, 그의 눈가에 흐르는 눈물을 보고는 이내 모두가 흐느끼기 시작했다. 마지막에는 중년에 들어서 여성 호르몬이 많아졌다는 농담으로 상황이 정리되었지만, 나 역시 눈시울이 붉어졌다.

한때는 슬픈 영화나 드라마를 일부러 보지 않았다. 현실도 유쾌하지 못한 날들이 많은데 굳이 찾아서 감정의 동요를 겪고 싶지 않아서다. 비극적 창작물을 통한 울음으로 감정을 정화하는 카타르시스에 매료된 사람도 있겠지만, 많은 이들이 나와 같지 않을까. 나이가 들수록 더 그런 것을 보니, 호르몬의 작용이라고 해두고 싶다. 그럼에도 우리는 삶에서 의도치 않게 타인의 감정에 쉽게 흔들리고 동화되는 경험, 공감을 하게 된다.

　　봉사를 주기적으로 실천하는 사람들, 지극정성으로 부모를 돌보는 자녀들, 유기 동물들을 위해 시간과 돈을 기꺼이 나누는 사람들. 난 이들을 '행복한 이기주의자'라 부른다. 이 모든 행동의 이면에는 자신이 있기 때문이다. 그렇게 했을 때 흡족하고 즐거우며 행복하기까지 하다면, 이는 분명 이타심을 넘어서는 이기심이라 부를 만하다. 이타심은 인간을 비롯해 모든 동물이 지닌 본능이다. 원숭이가 먹이를 먹을 때마다 우리에 갇힌 원숭이 동료들에게 전기 충격의 고통을 가했더니, 먹이를 앞에 두고도 열흘 넘게 굶더라는 연구 결과는 이를 뒷받침한다.

공감하지 못하면 공존할 수 없다. 공감하지 않는 사람이 많아질수록 이 사회는 행복에서 멀어진다. 나의 기쁨을, 당신의 아픔을 이해해 주고 공감해 주는 이가 없다면 무엇에서 행복을 느낄까. 혼자 먹는 밥이 맛이 없는 것은 음식의 문제가 아니다. 함께 먹는 이가 없다면 나 역시 더 이상 칼을 들지 않으리라.

슬픔과 아픔, 기쁨과 즐거움. 지금 곁에 있는 이들과 이 모든 것들을 함께할 수 있다면, 우리가 기꺼이 행복한 이기주의자가 될 수 있다면, 세상은 조금 더 밝아지지 않을까.

어머니와 마트에 장을 보러 가고는 한다. 늘 친환경 패브릭 장바구니를 챙겨 가는데, 하필 그날은 작은 걸 들고나오셨다. 할 수 없이 돈을 내고 큰 비닐봉지도 하나 샀다. 추석 연휴를 앞둔 장보기라 산 물건이 제법 많았다. 집까지는 걸어서 15분 거리.

"아들, 무거워서 들고 갈 수 있겠어? 배달시킬까?"
"아뇨, 대목이라 다들 바쁘신데, 그냥 들고 갈게요."

나름 운동으로 다져 온 몸이라 가뿐히 들고 출발

　　　　　　　　나의 행복, 나의 언어

했다. 그런데 시간이 지날수록 손가락이 아파왔다. 그날따라 중력이 더 심하게 작용하는 게 아닌지 의심이 들 정도였다. 왼손에서 오른손으로, 다시 오른손에서 왼손으로 수없이 옮겨 들었지만 봉지의 무게는 갈수록 더 느는 것만 같았다. 어느새 손가락 마디마다 벌갛게 피가 쏠렸고, 깊게 파인 자국에 통증이 점점 더해졌다.

힘든 그 순간, 방황의 중심에 있던 군 시절이 떠올랐다. 마음을 다잡고 힘든 시간을 이겨내고자 잠깐이지만 시인이라는 부캐를 내게 선물하기도 했다. 그렇게 쓴 시들이 뜻밖에도 휴가라는 보상으로 돌아왔다.

100여 편 중에 〈생채기〉라는 제목의 시가 있었다. 우여곡절을 겪으며 23살의 늦은 나이에 입대한 후 한참 어린 선임 병사들의 괴롭힘으로 힘들 때였다. 그들의 눈에는 시를 써서 휴가를 나가는 이등병이 미워 보였을 수 있겠다. 휴가 당일 군화가 사라졌고, 나는 휴가는커녕 보급품 분실로 경위서를 쓰는 신세가 되고 말았다. 그때 대대장 운전병을 하던 동갑내기 상병이 나를 조용히 불러 말했다.

"힘들지? 다들 너를 질투하는 마음이 있어서 더 그

런 거 같더라. 네 나이가 몇이든 밖에서 무엇을 했고, 어떤 일이 있었든 마음을 내려놔. 순수하게 이등병의 모습을 보이라고. 안 보는 것 같지만, 네 표정이나 내무반 생활 태도, 네가 쓴 시들도 다 본단 말이야, 다들. 생채기라고 써도 상처라는 뜻인 거 다 알아. 시골 출신들이라고 무시하지 마라."

동갑내기 상병이 빌려준 군화를 신고 그다음 날 휴가를 떠날 수 있었다. 돌아보면 나를 아프게 한 것은 상처를 준 상대도, 그 상처의 충격도 아니었다. 충전하듯 다시 되돌릴 수도 없는 것을 마음에 품고 사는 스스로가 고통의 주체였다. 생채기가 주는 아픔은 얼마나 오래 그것을 마음속에 담아 두는가에 달렸다. 아직도 그것을 놓아 주지 못해 쥐고 있다면, 시간이 해결할 수 있도록 이제 그만 내려놓자. 오롯이 나를 위해서.

나의 행복, 나의 언어

난 매 순간 행복했고 또 매 순간 불행했다. 비가 와서 불행했고, 비가 와서 행복했다. 비가 오면 아버지가 일을 못해서 불행했고, 비가 오면 아버지가 집에 있어 행복했다. 해가 쨍한 날은 아버지가 돈을 벌어와 행복했고, 해가 쨍한 날은 아버지의 쉰내 나는 작업복에 불행했다.

누이가 있어 행복했고, 누이가 있어 불행했다. 기숙사에 사는 누이 덕에 고기를 혼자 독차지해 행복했고, 시합에 진 후 운동 코치에게 매를 맞던 누이를 보고 불행했다. 누이가 돈을 벌기 시작해 행복했고, 기숙사에서 돌아온 누이가 운동이 너무 힘들어 그만두고 싶다며 울어 불행했다. 누이가 백화점에서 신발을 팔아 용돈을 줘서 행복했고, 누이가 밤마다 콜라병으로 종아리의 알을 빼는 모습에 불행했다.

꿈이 있어 행복했고, 꿈이 있어 불행했다. 대학생이 되고 노래를 해서 행복했지만, 노래만 하며 살 수는 없기에 불행했다. 합창단 동기들과 어울리며 행복했지만, 동기들에 비해 스스로가 초라함을 느껴 불행했다. 시험에 붙어 공군 군악대에 입대해 행복했지만, 내 잘못이 아닌 신체적 결격에 쫓겨 나와 불행했다.

아나운서로 행복했고, 아나운서로 불행했다. 먹고 살기 위해 아나운서가 됐지만, 누군가처럼 유명하지 못해 불행했다. 아나운서로 긴 시간 일할 수 있어 행복했지만, 가수가 되지 못했던 과거에 묶여 불행했다. 아나운서로 많은 상을 받아 행복했지만, 아나운서라는 달콤한 타이틀에 취해 새로운 도전을 놓쳐 불행했다.

철이 들어 행복했고, 철이 들어 불행했다. 매년 모시는 효도 여행에 행복해하는 노부모를 보며 행복했고, 효자는 싫다는 여성들에 불행했다. 맛있는 음식을 나누며 행복했고, 함께할 식사가 많이 남지 않음에 불

나의 행복, 나의 언어

행했다.

여전히 난 매 순간 행복하고 또 매 순간 불행하다. 당신이 손에 쥔 책을 품고 가면 행복할 것이고, 당신이 내려놓은 책이 한참을 외롭게 놓여 있다면 불행할 것이다. 내 글이 사람들의 삶에 선한 영향을 미치면 행복할 것이고, 그저 그런 책으로 냄비 받침이 되고 만다면 불행할 것이다.

반세기를 살아 보니 그랬다. 초콜릿 상자 속에서 달콤한 녀석을 뽑아 좋았다가, 씁쓸한 초콜릿을 집어 들면 슬퍼진다. 그럼에도 상자 안에 남은 초콜릿이 있음에 감사하면서도, 몇 개 남지 않았으면 어쩌나 싶어 또 불안해진다. 삶이란 그런 걸까. 나뭇잎을 한 장씩 떼어내, 짝사랑했던 포니테일 소녀의 마음을 "좋아한다, 좋아하지 않는다."라고 주술처럼 읊조리며 점쳤듯 말이다.

이집트인들은 홍수에 시달렸지만, 홍수가 만든 나일강의 퇴적물들이 토사에 영양분을 불어넣어 비옥한 땅을 만들었다. 그 비옥한 대지에서 농작물을 재배할 의지를 다졌을 것이다. 의지는 어둠과 불행에서 싹튼다. 행복하고자 하는 욕망을 가로막는 방해물들은 역설적으로 인간을 움직이게 하는 의지의 원천이 된다.

평온하고 평범한 일상이 행복인 줄 모르고, 아프기 전에는 건강의 소중함을 모른다. 사랑할 때는 사랑이 보이지 않고, 떠난 인연에 연연한다. 젊음이 영원할 것처럼 살다가, 머리가 희끗할 무렵에서야 더 도전하지 않았음을, 부모에게 효도하지 못했음을 후회한다.

연극의 한 막이 끝나고 드리워진 검은 천막은 또 다른 이야기에 관한 기대감을 품고 있다. 도착은 곧 출발이며, 불행은 곧 행복의 시작이다. 어둠은 여명을 준비하고, 여명을 헤치며 오늘의 태양은 떠오른다. 흑黑. 창세기는 어둠에 대해 이렇게 말하고 있다.

"어둠은 희망을 숨겨 두기도 한다."

독창성에
관하여

'서구 문화계 추리와 스릴러의 대가'라고 하면 에드거 앨런 포가 떠오른다. 추리소설을 최초로 만든 사람, 단편 소설의 선구자, 오로지 글만 쓰며 살아가려 한 미국 최초의 전업 작가 등 다양한 수식어를 가지고 있다. 포의 독창성은 작가 샤를 보들레르나 자크 라캉과 같은 구조주의 학자들에게 칭송받았다.

그럼에도 그의 삶은 불우하기만 했다. 평생 생활고로 힘들었고, 사인조차 알려지지 않은 채 40세에 짧은 생을 마감했다. 대표작 〈까마귀 The Raven〉라는 시는 특유의 공포와 더불어 마치 그의 인생처럼 우울하다. 시는 단락마다 이렇게 끝맺는다. "never more". '결코 더는', '두 번 다시' 정도로 해석된다. '더 이상 아무것도 없다'는 의미다.

까마귀는 영화와 소설 속 공포의 미장센으로 등장하는 동물이다. 불행과 죽음을 암시하는 장치로서의 까마귀는 전혀 독창적이지 않다. 까치와 같은 텃새임에도 불구하고 우리는 항상 그들을 향해 "아침부터 불길하게!"라고 중얼거리곤 한다. 그런 까마귀를 모티프로 한 글이니 음울하고 스산함은 당연하지만, 식상하다. 그러나 단락의 마무리가 "never more."에 이르며 마침내 시는 독창적 은유의 옷을 갈아입는다.

아리스토텔레스는 《변론술》을 통해 이야기의 골격을 구성하는 주요 아이디어들의 집합을 '토포스'라 했다. 그리스 말로 '장소'를 의미한다. 중세 수사학에서 '논거의 장소'를 가리키던 이 단어는 이후 창작의 '시작점'이 되는 표현을 뜻하는 말로 변화했다. 토포스는 긍정과 부정의 양면성이 있다. 누구나 쉽게 이해할 수 있는 보편성은 긍정적이다. 문제는 상투적이고 진부한 표현에 매달리는 경우다. 결국 새로운 논의의 시작이 아닌 단순한 기억의 장소로 전락하고 말기 때문

나의 행복, 나의 언어

이다.

아포리즘을 통해 들여다보면 조금 더 명확해진다. 아포리즘은 일상에서 느끼는 진리를 간결한 형식으로 표현한 짧은 글로, 격언이나 잠언 등을 가리킨다. 세상 가장 오래된 아포리즘이라 알려진 히포크라테스의 "예술은 길고 인생은 짧다."나 파스칼의 "인간은 생각하는 갈대이다." 등이 그것이다.

아포리즘 역시 자신이 하려는 이야기의 주제를 대변하기 위해 단순 인용하는 경우 독창성에서 멀어진다. 개인 삶의 깊은 깨달음이나 이정표로 작용하기도 하는 잠언을 예로 들어 보자. 아일랜드의 극작가 겸 소설가 버나드 쇼의 묘비명인 "I knew if I stayed around long enough, something like this would happen."을 오역한 "우물쭈물하다 내 이럴 줄 알았지."는 다소 진부하다.

반면 류시화 시인의 시 구절이자 잠언 시집 제목인 〈지금 알고 있는 걸 그때도 알았더라면〉은 어떤가. 가수 이상은의 곡 〈언젠가는〉의 가사인 "젊은 날엔 젊음을 모르고, 사랑할 땐 사랑이 보이지 않았네"는 어떤가. 상투성이 누구나 공감할 삶의 진리로 사용되며 신선한 보편성을 획득하게 된 경우다.

앞선 앨런 포의 시에서 토포스의 역할을 한 것이 "never more."다. '더는 아무것도 없다'는 것은 곧 마지막이고 이는 죽음을 의미한다. 그리고 이 표현을 담은 시의 제목인 '까마귀'의 이미지는 상투적이다. 까마귀가 우는 건 불길한 징조라는 말은 식상한 아포리즘인 셈이다. 그러나 "never more."는 새롭게 다가온다. 까마귀라는 진부한 전통적 소재에서 시는 출발했지만, '더 이상 아무것도 없다'라는 죽음의 은유를 가져오며 이야기는 차별성을 가지게 되었다.

독창적이라고 평가 받는 세상 모든 것들의 비밀은 공감을 전제로 한 새로움이다. 한 사람의 언어에 주목하게 하는 비결 또한 완전히 새로운 어떤 것에만 있지 않다. 새내기 글 쓰는 인간으로서의 내 고민도 여기에 있다. 사람들이 공감할 예상 밖의 것이란 과연 무엇일까? 이런 고민은 글을 쓰는 이상 계속할 수밖에 없을 듯하다.

나의 행복, 나의 언어

여행은
소개팅

내가 진행하는 프로그램에 《먼 나라 이웃 나라》의 이원복 화백이 출연했다. 워낙 어릴 때부터 즐겨보던 만화여서 그 반가움이 더했다. 사심이 섞인 날은 대본에 없는 질문을 많이 하는 편인데, 그날이 유독 그랬다.

　"화백님은 만화에 등장하는 나라와 도시들을 전부
　　가 보신 거죠?"
　"물론이죠. 작품을 시작하기 전에 먼저 가 봅니다."

　당시 수많은 여행에서 배운 교훈을 이야기로 엮은

류시화 작가의 신작을 읽던 터라 그의 글을 빌려 물었다.

"류시화 작가는 '경험을 통해서 같은 장소를 반복해 가 봐야 비로소 그 여행지가 자신의 속살을 내보인다.'라고 쓰셨던데, 여기에 대한 화백님의 생각도 궁금합니다."

언어유희 같지만, 속살은 '속살거리다'의 어근이기도 하다. 속살거리는 말은 남들이 쉽게 알아듣지 못하게 작은 소리로 자질구레한 것을 이야기함을 뜻한다. 류시화 작가가 말한 "겉으로 드러나지 않는 부분의 살"과 사뭇 통한다. 자질구레한 것들이라…. 여행지의 자질구레한 것들이 자기들끼리 여행자들 모르게 속살거리는 모습이 동화처럼 그려졌다.

"바보, 이걸 보고 느껴야 하는데. 또 그냥 지나치네. 유명하다고 저기만 몰려 있는 모습이라니. 안타까워."
"더 문제는 서로 인사조차 하지 않는다는 거야. 낮

선 곳에 설렘을 가지고 왔으면 낯선 사람들에게도 마음을 열어야 하는데 말이야."

내가 제주 여행을 부모님과 처음 갔을 때가 생각났다. 비행기를 타는 시간부터 빼곡하게 채운 일정을 타임 테이블에 맞춰 움직였다. 심지어 여행일지를 미리 작성해 인쇄하고는 렌터카에 싣고 다녔다. 섬에 들어가는 배를 놓칠까 안절부절못했고, 소문난 맛집이 쉬는 날임을 미리 체크해 두지 않아 스스로에게 화가 나기도 했다. 너무 아픈 사랑은 사랑이 아니었듯, 돌아보면 블루마블 게임판을 도는 듯한 여행은 여행이 아니었다.

두 여행 마니아들이 한 목소리로 말하는 여행지의 '속살'은 우리가 놓친 아주 작은 것들일지 모른다. 누군가 내게 여행이 무엇이냐 묻는다면 난 '소개팅'이라 하고 싶다. 예쁘게 새로 그려지고 포장된 겉모습만 보고 섣불리 마음을 먼저 키웠다가는 현실 만남에서 실망을 하곤 한다. 마찬가지로 잘 편집된 다큐멘터리나 사진을 보고 낯선 여행지에 대한 꿈을 키웠다가는 크게 낭패를 보게 될지도 모른다. 처음 접한 모습과 한 번의 교감으로는 사전 정보로 쌓은 이미지의 벽을 넘을 수 없다.

어느 해인가 TV 프로그램을 보고 작은 섬에 찾아갔다. 해안에 가득 쌓인 쓰레기와 몰래 소주를 나눠 마시는 사람들을 본 후 실망했었다. 그런데 우연히 한 번 더 그곳을 찾게 되었다. 큰 기대감 없이 입도한 무리의 뒤에 처지고 말았는데, 웬걸. 섬 투어의 반대편으로 다들 오르고 있는 게 아닌가. 선두의 누군가가 잘못 들어선 모양이었다. 의도치 않게 오롯이 홀로 원래 코스를 다시 오르게 되었다.

내가 지난번에 와 본 곳이 맞냐는 말이 나도 모르게 입밖으로 튀어나왔다. 보이지 않던 꽃이며 풀들 그리고 멀리 보이는 풍광에 입이 떡 벌어졌다. 그 후 난 그 섬을 매해 한두 번씩 찾는다. 이번에는 또 어떤 모습일지, 지난번 내가 놓친 속살은 무엇일지 설레며, 더 이상 무리에서 멀어지거나 섬을 나가는 다음 배 시간에 조바심 내지 않으며 말이다.

실수는
실패가 아니다

　"방망이가 돌았어요!"

캐스터의 외침과 동시에 타석에 있던 선수가 방망이를
집어 던졌다. 여지없이 퇴장 사인이 나오고 경기장의
분위기는 일순 험악해진다. '체크 스윙'이라는 것이 있
다. 볼에 속아 방망이를 휘두르다 아차하고 멈추는 행
동이다. 우타자는 1루심이, 좌타자는 3루심이 이를 판
단한다. 보통 방망이 끝이 심판 눈에 보이면 스윙으로
인정돼 스트라이크 카운트가 하나 올라간다.

　스윙 여부 판정은 양 팀 모두 예민한 사안이다. 공

하나가 중요한 야구에서 기회를 한 번 더 얻느냐 마느냐의 문제기 때문이다. 애초 투수의 공에 속아 방망이를 휘두른 건 타자의 실수다. 심판의 판정에 흥분해 심장 박동 수가 올라간 타자는 대부분 삼진아웃이나 범타로 물러나기 십상이다. 평정심을 잃은 것이다. 작은 공과 가느다란 방망이가 마주 닿은 면적이 몇 밀리미터 차이로 안타와 범타가 결정된다. 작은 차이가 큰 결과를 만드니 흔들리지 않는 마음이 무엇보다 중요하다. 이는 스포츠에 국한된 이야기가 아니다.

아나운서가 된 후 주중은 항상 생방송을 해 왔다. 사람의 일이다 보니 최상의 몸 상태나 최고의 목소리를 매일 유지하기란 쉽지 않다. 더구나 항상 같은 심리 상태를 지니기란 사람으로서 불가능에 가깝다.

실수는 일상이다. 어떤 날은 인사를 두 번 했고, 어느 방송에서는 한 페이지 분량의 질문을 건너뛰기도 했다. 말도 안 되는 발음이 툭 튀어나오거나 기침을 하고 목이 완전히 잠겨 입만 방긋대기도 했다. 그러면 어김없이 불편한 감정이 밀려오고 얼굴이 발갛게 달아오르기 시작한다. 무안함 때문이다.

나는 웬만하면 뉴스 오독을 하지 않는다. 그런 내

나의 행복, 나의 언어

게도 실수는 불시에 찾아온다. 중요한 것은 오독을 하고 난 이후, 실수하고 나서의 대처와 자세다. "흔들림 없는 편안함"은 침대에만 적용할 가치가 아니다. 누구나 실수를 한다. 실수는 실패가 아니다. 우리 앞을 막아서는 불행의 고개를 하나하나 넘으며 삶은 계속된다.

실수는 그 사람의 역량을 평가하는 데 큰 영향을 미치지 않는다. 오히려 실수를 한 이후의 대처가 그 사람이 가진 실력을 가늠하는 잣대가 된다. 김연아 선수가 엉덩방아를 찧고 무안해하거나 발갛게 달아오른 얼굴로 인상 쓰는 걸 본 적이 있는가? 이승엽 선수가 중요한 기회에 삼진을 내리 당한 후 방망이를 집어 던지거나 화를 내는 걸 본 적이 있는가?

끝내 준비한 프로그램을 말끔히 소화해 내는 것, 마음을 다잡고 이윽고 역전 홈런을 쳐 내는 것, 프로란 그런 것이다. 실수에 연연하고 수없이 되새기며 이후의 기회마저 제대로 살리지 못하는 것은 스스로 아마추어임을 인정하는 꼴이다.

"불행은 홀로 오지 않는다."라는 옛말이 있다. 허나 우리는 불행 앞에 허우적대다 더 큰 실수를 범하고 다른 불행을 스스로 불러들이는 단초를 제공할 때가 많다. 지난 실수를 깨끗이 인정하고 다가올 순간에 대처하는 것, 불행이 지나간 길을 벗어나 하루 빨리 일상의 평정심을 되찾는 것, 그것이 우리를 어제보다 나은 내일로 이끈다. 전투에 패했다고 전쟁에서 진 것은 아니다.

나의 행복, 나의 언어

4장 겨울

찰나의 말 그리고 삶

평생 병원이라고는 틀니를 위해 찾은 치과가 유일하다
시피 한 아버지를 모시고 대학 병원을 간 이유는 치질
때문이었다. 변에 피가 비친 지 제법 되신 모양이었다.
항문외과를 찾았고, 우리 아버지만큼이나 연세가 많아
보이는 외래 의사는 장갑을 끼우고 직장 수지 검사를
실시했다. 불과 1분 남짓이었을까. 아버지가 채 바지를
올리고 진료대에서 내려오시기도 전에 의사는 어머니
와 나를 향해 돌아서 무심한 대사를 날렸다.

　"암이네, 암이야!"

뉴턴이 떨어지는 사과를 보고 직관했듯, 아르키메데스가 넘치는 욕조 물을 보고 유레카를 외쳤듯 아버지의 '암' 선고는 그렇게 내려졌다. 드라마처럼 환자 몰래 보호자를 차분히 마주하고 마음의 준비를 하게 하는 친절 따위는 사치였다. 현실은 그랬다.

그 직후였을 것이다. 출근하는 아들을 향해 2층 주택 계단 끝에서 손을 흔들어 보이는 아버지를 보며 수어를 하기 시작한 것이. 올려다보며 미소를 짓고 오른손바닥을 펴 입술을 두 번 툭툭 친다. 그리고 엄지를 세운 왼손 주먹 뒤로 오른손을 사선으로 두 번 내리긋는다. 점심 식사와 간식까지 준비해 두고 나서면서 잘 챙겨 드시라는 수화 언어다. 그리고 골목 모퉁이를 돌며 마지막으로 양손으로 안녕을 고한다. 돌아선 얼굴은 이내 미소가 사라진다. 문득 이런 생각이 들었기 때문이다. 만약 손을 흔드는 저 모습이 사라지면 어떻게 해야 할까? 출근하는 아들을 향해 흔드는 저 손이 없다면….

막연한 두려움은 필연적으로 찾아온다. "병아리의 죽음 앞에 스스로도 세상에 머무는 것은 영원할 수 없음을 깨달았다."라는 고故 신해철의 독백처럼 존재하는 것 중에 영원한 것은 없다. 그 역시 예상하지 못한 순간 우리와 작별했듯이 말이다.

　근 몇 년 새 영화에서 볼 법한 돌연한 사고를 현실에서 접하고는 많은 생각이 들었다. 도보 신호를 기다리다 쓰러진 트럭에 유명을 달리한 갓난아이의 아버지, 어버이날 아파트 베란다에서 이불을 털다 추락사한 두 아이를 둔 가장. 모두 뉴스를 통해 전해진 사건 사고이고 주변 지인의 입을 통해 들은 실화였다.

한동안 피규어를 모으는 데 몰입한 적이 있다. 포장된 박스를 버리지 못해 다용도실을 꽉 채우고도 모자라 임대료를 내고 창고를 대여했다. 수집한 나이키 운동화를 싸 들고 다니는 한 방송인을 보며 "운동화가 뭐라고, 팔아서 빚 조금이라도 갚지."라고 중얼거렸던 나였는데 말이다. 아마 집 인테리어를 하지 않았다면 나 역시 그 애물단지들을 업고 살았을지 모른다.

　희소성稀少性. 돌아보면 내가 소유에 목을 맨 것은 이 때문이었다. 물건을 가지지 못해 안달하고 놓지 못해 집착하는 이면에 자리한 요상한 단어다. 그 가치를 유지하는 데는 두 가지 전제 조건이 필요했다. 하나는 더 이상 만들지 않는다는 약속이다. 또 다른 하나는 더 이상 존재할 수 없다는 근거였다. 세상에 이토록 명확히 희소한 것은 무엇인가? 바로 시간이다.

무언가를 가지려 하기보다 자신을 성장시키는 경험에 투자하라는 식상한 조언 뒤에는 희소성의 원칙이 존재한다. 어디 물건만 그러한가. 세상에 존재하는 모든 생명체는 필연적으로 죽는다. 여행지의 모든 것과 많은 사람 역시 한 번의 만남이며 한순간의 인연이다. 그러나 그 가치를 단지 희소성이라는 무정한 표현으로 대신할 수는 없다.

우리 가족은 매년 함께 여행을 떠난다. 언제가 마지막이 될지 모르는 여행이다. 그래서일까 머물렀던 숙소를 나서며 마치 작별 인사를 나누듯 이렇게 말하곤 했다. "잘 있다 갑니다. 또 올게요. 또 만나요." 인사는 우리가 함께한 시간과 그곳에 남겨진 추억을 향한다. 다시 올 수 없을지 모른다는 슬픈 예감을 행복한 주문으로 떨쳐 내기 위함일지도.

존재의 시간은 백 퍼센트의 확률로 유한하다. 지난 시간은 되돌릴 수 없으며, 같은 삶을 되풀이해서 살 수도 없다. 우리 모두 언젠가는 세상에 존재하지 않을

찰나의 말 그리고 삶

것이다. 어찌 모든 순간이 소중하지 않으며, 어디서 매
순간이 행복하지 않을 이유를 찾을 수 있을까. 모든 인
생은 한정판이다.

가	마		타	고		와	서		
상	여		타	고		가	는		것

"이제 그만 네 아버지 곁으로 가고 싶어…"

저녁 뉴스를 마치고 부랴부랴 수원 외곽의 어느 장례
식장에 도착했을 때, 어머니가 전해 주신 외할머니의
마지막 말이었다. 가끔 우리 집에 머물다 가실 때면 항
상 눈물을 훔치시던 할머니의 모습이 떠올랐다. "언제
또 보나 우리 강아지, 이번이 마지막일 거 같아서."

　한국인의 보편적 정서일까. 보통 외가 식구들과
더 가까운 경우가 많다. 그중에서도 외할머니라는 존
재는 그 단어만으로도 가슴이 따뜻하다. 예를 들자면

187　　　　　　　　　　　　　　　　찰나의 말 그리고 삶

어머니가 둘인 느낌이랄까. 어머니의 어머니니 그런 것인가? 주고 또 주고도 모자라 더 줄 것이 없어 비통해하는 세상의 유일한 존재들. 난 외할머니에 대한 아주 특별한 기억이 있다.

　지금의 내 나이 정도였을 것이다. 고단한 삶에 지쳐 가끔 술에 젖어 일터에서 돌아온 아버지는 자식들을 앉혀 두고 신세타령을 하셨다. 유난히 심한 날이었던 듯싶다. 때마침 시골에서 하루 묵으러 오신 할머니는 그런 아버지에게 한마디 하시곤 나를 꼭 안은 채 뒤돌아앉으셨다. 내 귀를 살포시 손으로 덮은 채 몇 시간이고 방패막이 되어 주셨다.

　돌아가시기 전 마지막으로 우리 집을 찾으신 할머니는 더 이상 스스로 계단을 직접 걸어 내려가실 수 없었다. 어느새 커진 내 등에 업혀 마지막 방문을 마친 할머니는 떠나는 차 문을 열고 눈물을 흘리며 이렇게 말씀하셨던 듯싶다. "우리 강아지, 예쁜 각시하고 할미 보러 꼭 와야 혀!" 외할머니의 바람을 난 이루어 드리지 못했다. 그녀가 똥강아지라 부르던 손자는 어느새 불혹을 넘겼고 죽음이 무엇인가를 생각하기 시작했다.

　경상북도 영주에는 한 마을로 들어가는 외나무다

리가 있다. 무섬이라 부르는 마을로 들어가는 유일한 길이다. 영화를 포함해서 다양한 매체와 방송을 통해 그 아름다운 모습이 꽤 알려졌다. 내가 본 방송도 그중 하나였을 것이다. 평생 그곳에서 사신 곱고 단아한 할머님의 한마디 한마디가 인생의 핵심을 꼽아 내는 것 같아 감탄을 연발할 때였다.

"내가 20살에 꽃가마를 타고 저 외나무다리를 건너 들어왔거든. 그런데 벌써 여든을 넘겼어. 가마꾼 두 사람이 앞뒤로 들고 말이지. 그런데 상여는 넷이 들어야 하잖아? 실려 나갈 수 있으려나 몰라…"

우리가 어디에서 와서 어디로 가는지 알 길은 없다. 이윽고 온 곳으로 돌아갈 것이다. 인생의 길은 모든 사람에게 공평하게 하나다. 무섬으로 들어가는 외나무다리처럼 말이다. 무섬이 평생의 터전이었던 할머니와 마찬가지로 우리 역시 전 우주에서 깨알 같은 존재로 먼지만큼의 공간을 돌고 돌다 가는 게 아닐까. 마치 현미경 고배율에 맞춰 들여다봐야 미세한 떨림이 감지되

찰나의 말 그리고 삶

는 미생물처럼.

　　그러고 보니 북유럽 신화 속 '토르'가 전 우주를 누비고 다니는 데 쓰던 '트로스트'라는 무지개다리가 경북 영주의 무섬으로 들고 나는 좁은 다리와 다를 바 없지 않은가. 우주여행을 떠나는 시대다. 세상은 무엇으로든 연결되어 있다. 아직 두 다리 성하다면 과감히 길을 나서 보면 어떨까. 한계를 정하지 말고 멀리, 더 멀리까지. 어차피 우주에서 바라보면 한 족도 되지 않을 길을 뭐가 두려워 망설이겠는가. 시간은 한 방향으로만 흘러 돌아오지 않고, 마지막 길은 모두에게 단 하나뿐인데 말이다. 가마 타고 이 세상에 올 때 그렇듯 상여 타고 떠나는 길 또한 내 의지로 정할 수 없는 것을…. 미세한 떨림을 수없이 반복하면 그래도 하나의 선을 긋고 떠날 수는 있을 것이다.

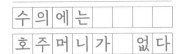

단돈 5천 원에 상다리가 부러지게 차려진 반찬을 보고 진행자가 물었다. "아우, 반찬이 이렇게 많아요? 남는 게 있어요?" 일흔을 훌쩍 넘긴 어머니가 답한다.

"수의壽衣에는 호주머니가 없잖아."

사장님의 시어머니는 식당뿐만 아니라 장사의 철학까지 넘겨주신 모양이었다. 반찬 한 가지라도 허투루 하지 않는 어머니의 주문으로 수십만 원 하는 호텔 요리 부럽지 않은 한 상이 차려진다. 배를 곯았던 어린

찰나의 말 그리고 삶

시절의 결핍이 만들어 낸 행복한 마법이다. 허름한 식당 한 칸이 유일한 재산일지언정, 그마저도 함께 나누고자 하는 마음은 이미 수많은 손님들에게 주술처럼 전해졌을 것이다.

성공한 자들은 누구나 저마다의 인생 담론을 내놓는다. 진짜 인생이란 무엇인가에 대해서 말이다. 그리고 어느 날부터인가 그들을 중심으로 '웰 다잉'이라는 화두가 등장했다. 생계의 유일한 수단마저 공유하겠다는 식당 어머니의 한 마디가 내게 그 무거운 주제를 떠올렸다.

잘 산다는 것은 무엇일까? 또한 삶을 잘 마무리 한다는 것은 무엇인가? 드라마 〈키스 먼저 할까요〉의 감우성처럼 스스로의 마지막을 선택해 스위스로 떠나는 것이 '웰 다잉'일까. 그도 아니라면 날을 정해 두고 미리 곡기를 끊는 연습을 한다는 기자 선배의 선택이 현명한 마지막일까. 생각의 고리가 뫼비우스의 띠처럼 연이어 채워져 공전할 즈음, 어느 유품 정리사가 고인들의 쓰이지 못한 새 물건들을 바라보며 했다는 탄식이 생각났다.

"주인이 떠나면 어차피 다 버려질 것들이거든요. 살아생전 가진 것에 만족하며 충분히 쓰고 살아야 할 텐데…. 필요 없는 것들에 미련을 갖고 끝내 놓아버리지 못하는 게 삶인가 싶어요."

유품 정리사의 이야기는 꼭 물건에 국한된 것이 아니다. 마음의 문제이자 삶의 태도에 관한 깨달음이다. 나눔과 비움에 대한 철학이라고 할까. 덜어 내고 비워 낸다는 건 결국 '버림'이라는 실천에서 나온다. 꽃이 아무리 아름답다고 놓아 주지 못한다면 열매를 맺을 수 없다. 누구보다 아름다운 시절을 보낸 청춘이라도 그날의 영광에서 과감히 멀어져야 행복한 노년을 보낼 수 있는 것도 같은 이치다.

세상을 떠날 때 가져갈 수 있는 것은 아무것도 없다. 마지막 순간, 일생의 장면이 수만 마리의 나비가 되어 날아가 버리면 기억마저도 비워진다. 형상을 가진 모든 것들은 결국 소멸한다고 했다. 수의에는 호주머니를 달지 않는다. 가지지 못한 것에 집착하지 말고 주변의 것들에서 행복을 찾으라는, 오늘이 삶의 중요한 가치임을 일깨우는 한 마디다.

삶은 소유가 아닌 나눔이다. 사랑의 기억을 품고 그 사랑을 나눌 때 더 많은 아름다움이 찾아온다. 어린 날 품 안 가득 작은 나를 꺼안아 보호해 주시던 할머니의 사랑을 기억하며 내가 누군가에게 그런 존재가 되고 싶은 것처럼.

청
青

어린 날부터 파란 바다를 동경했다. 최근 내 사주를 본 어떤 이는 사주에 불이 4개나 자리 잡고 있어 본능적으로 물을 가까이하고 싶어 한다는 진단을 내렸다. 하지만 정작 나는 물을 무서워해 서른을 넘겨서야 수영장에 처음 몸을 담갔다. 초등학교 때 같은 반 친구의 항문으로 수영장의 코뿔소 동상 코가 파고들어 응급실에 실려 간 광경을 본 트라우마 때문이었다. 생명력 넘치는 아이들의 왁자지껄한 물놀이 한복판에서 수영장으로 짙게 퍼져 나가던 선명한 선홍색 핏물의 공포는 아직도 잊히지 않는다.

찰나의 말 그리고 삶

그런 내게 바다 속에서의 유영을 꿈꾸게 한 영화가 〈그랑 블루〉다. 카페나 술집 벽면을 장식한 단골 포스터의 그 영화다. 30여 년이 지난 지금도 가끔 그 존재가 확인된다. 끝없이 펼쳐진 파란 바다 저편 수평선이 보이고 고래 한 마리가 주인공 머리 위를 힘차게 뛰어넘고 있다.

인간의 기원이 바다였다는 가설이 있다. 마치 고래처럼 바다 깊숙이 끝도 없이 유영하는 인간들이 있었다. 지금까지 그런 다이버는 없었다. 그는 인간인가, 고래인가. 영화의 실제 모델이 된 자크 마욜의 이야기다. 영화 시나리오 작업에 직접 참여하기도 한 그는 호흡 없이 인간의 한계를 넘어 수심 100미터 넘게 프리다이빙을 해낸 최초의 인간이었다.

영화 속에 등장하는 두 친구는 목숨을 걸고 생명의 바다 그 깊은 곳을 향해 끝없이 자맥질한다. 이내 더이상 바다는 푸른빛이 아니고 떠나온 육지와 하늘은 기억 속에만 존재한다. 어떤 인간도 내려가 본 적 없는 깊은 곳에 홀로 남겨진 존재의 고뇌다.

20대 후반의 어느 해였던 것 같다. 낙산 해수욕장은 흐리고 비가 내렸다. 튜브를 타며 물놀이를 하던 난 이안류에 휩쓸려 안전선 밖으로 벗어나고 말았다. 지금 기억엔 내가 제일 먼저 소리를 질렀던 것 같다. "사람 살려!" 살아야 할 명확한 이유도 삶의 목표도 희미한 시절. 돌아보면 젊음이 버거워 어서 나이가 들었으면 좋겠다는, 지금이라면 끔찍하고 기겁할 말들을 곧잘 했었다. 그럼에도 생사의 순간 망설임 없이 구조의 SOS를 외쳤다니. 구조대의 보트에 질질 끌려 해변에 발을 디디니 웃음이 나왔다. 나를 기다리던 일행도 웃고 있었다. 돌아보니 내가 떠밀려 내려간 거리는 고작 20여 미터 남짓이었다.

여전히 난 파란색을 좋아해 파란색으로 칠한 방에 살며, 여름을 사랑해 매년 가지 말라고 여름의 흔적을 끝까지 붙들고 늘어진다. 여름은 젊음이며 푸른 바다는 생명이다. 가수 배리 메닐로우는 〈When October Goes〉를 통해 10월이 가는 모습이 죽을 만큼 보기 싫다고 절규했다. 젊음을 지나 황혼에 접어드는 시간을 쉽게 받아들일 수 없다는 간절한 외침이었으리라. 언제까지라도 잡아두고 싶은 젊음, 시간이란 녀석은 이안류만큼이나 빠르게 그것을 쓸고 사라진다.

불혹에 접어든 나는 어느새 수영도 하고 바닷물

에 뛰어들기도 한다. 자크 마욜처럼 돌고래 수준은 아니더라도, 20미터 정도는 내 힘으로 헤엄쳐 나올 수 있다. 조금 더 용기를 내 도전한다면 어항 속에 재현한 물속 풍경이 아닌 바다 깊숙한 곳의 경이로운 세상을 볼 수 있을까. 또 태초 인간의 생명이 물속에서 시작됐다는 이야기를 몸으로 가늠해 볼 수 있을까. 다른 건 몰라도 내 젊음이 아직 진행형이라는 사실 하나만은 분명 확인할 수 있을 것이다.

여름의 복판에 서 있다면 충분히 만끽하고 도전하라. 가을과 겨울의 초입이라며 마음속 생명의 불씨가 꺼지지 않게 단단히 부여잡아야 한다. 우린 항상 바다를 꿈꾸고 젊음을 동경하기에, 나이는 들어도 마음은 늙고 싶지 않기에.

간결하게 말하고,
간소하게 살고

나도 한때 많은 남자들이 한 번은 빠져드는 콜렉팅이
라는 것에 열을 올렸다. 희소성이라는 형체 없는 마약
이 내 뇌와 행동을 조종해 앞뒤 못 가리고 사고, 모으
고, 쌓아 두던 시절이다. 내가 모으던 것은 쿼터 사이
즈의 스테츄였다. 쉽게 말해 실물 4분의 1 크기의 인조
돌덩어리로 만든 무지 크고 무거운 인형들이다. 그만
큼 박스도 크고 보관 및 전시의 공간도 어마하게 잡아
먹었다. 집이 넓고 창고를 갖춘 미국이나 유럽 콜렉터
들에게나 적합한 취미였다.

어느새 작은 다용도실과 내 방도 모자라 세를 놓

　　　　　　　　　찰나의 말 그리고 삶

기 위해 비워 둔 지하 공간까지 박스들이 차지했다. 때마침 노후한 집 공사가 코앞까지 다가왔고 난 떠밀리듯 정리를 결심 당했다.

그런데 이 정리라는 게 만만치 않았다. 이것은 이래서 남겨야 하고 저건 저런 사연으로 안고 가야 하고, 도무지 분양의 진도가 나가지 않았다. 더구나 코로나 여파가 개인의 취미까지 미처 소위 애프터 마켓이라 부르는 재판매 시장도 붕괴된 상태였다. 헐값에 내놓자니 본전 생각에 조금 과장해 눈물이 앞을 가리다 못해 흘러내려 발목을 잡는 기분이었다.

'이까짓 게 뭐라고, 사람이 살고 죽는 문제도 아니고 돈으로 해결할 수 있는 일은 일도 아닌 것을….'

나는 평소 철학까지 꺼내 놓은 후에야 간신히 마음을 먼저 정리했다. 간절히 구하는 사람에게 원하는 가격에 주기로 했다. 엄청난 노력과 시간, 돈을 들였던 애물단지들은 순풍에 돛을 단 듯 눈 깜짝할 사이 팔려 나갔다.

그저 취미일 뿐이었는데, 그것들이 채우던 공간이

덩그러니 눈에 들자 알 수 없는 감정이 밀려왔다. 간소하게 산다는 것, 어려운 일이다. 본능을 거스르고 손해를 감수하며 욕심을 내려놓는 일이다. 후에 나에게 찾아온 것은 빈 것이 주는 여유와 새털같이 가벼워진 마음이었다.

빈 공간을 들여다보다 돌연 이런 생각이 들었다. '법정 스님이 말한 무소유는 다 버리고 다 가지지 말라는 뜻일까?' 이 책은 본문을 읽지 않은 이들에게도 제목만으로 수없이 반복 인용되며 다소 오해가 있는 듯하다.

무소유에 관한 내 해석은 이렇다. 자신에게 꼭 필요한 것을 가리는 변별력을 기르고 삶에 꼭 필요한 최소한의 것을 유지하라는 지침이 아닐까. 많은 이들이 법정 스님의 글에 설득되어 스스로의 생각을 고치고, 행동으로 옮기는 실천력을 키웠으니 지침이라 해도 무방할 것이다.

언어의 경제성과 무소유의 철학은 닮은 구석이 있다. 해야 할 말을 생략하는 것이 경제적인 표현은 아닌 것처럼, 아무것도 가지지 말라고 이야기한 현자는 없었다. 최소한의 표현으로 말의 핵심에 근접하는 것이

찰나의 말 그리고 삶

언어의 경제성이다. 마찬가지로 스스로 정한 기준의 소유 안에서 삶의 본질에 다가서는 것이 진정한 무소유의 의미일지도 모른다.

인간은 상상으로 비겁해진다

결혼을 미루거나, 결혼을 안 하거나, 결혼을 못 했거나. 돌아보면 분명 이정표 없이 갈라진 두 길 앞에 서 봤을 것이다. 그 망설임의 이유가 무엇이었는지 그것이 옳은 결정이었는지 실수였는지는 중요하지 않다. 우리 앞에는 항상 양 갈래의 표지판이 선택을 기다린다. 한 쪽은 '용기', 다른 하나는 '두려움'이다. 난 두려웠다. 나의 선택이 잘못된 결과로 이어질 것에 겁이 났다.

조지 오웰의 소설 《1984》는 다른 측면에서 보면 사랑 이야기다. 조금 더 들여다보면 비겁한 남자가 사랑과 삶 그리고 자신마저 모두 놓쳐 버린 이야기다. 물론 전체주의 국가의 감시 속에 놓인 인간의 공포를 현대 미혼들의 솔로 예찬과 동일시하려는 것은 아니다. 그럼에도 인간은 현실에 없는 동화를 끊임없이 창작물에서 찾지 않던가. 어린 날, 책 속 주인공의 용기 있는 선택을 응원하던 청년도 종국엔 현실과 타협한 그저 그런 중년이 되어 가고 있다.

얼마 전 만난 동창들은 내가 대학 시절 종이 신문을 옆구리에 끼고 다녔다고 말했다. 당시 난 아나운서가 되겠다고 서슴없이 말하곤 했다. 되지 못할 확률 따위는 접어 뒀었다. 친구들은 둘째 치고, 부모님의 우려가 담긴 시선에 두려움이 전혀 없었다면 거짓말이다. 실패에 대한 두려움과 그 후의 창피함에 꿈을 접을 마음이 없었을 뿐이다.

많은 경우, 현실은 젊은 날의 용기를 모두 빼앗아 간다. 안전과 안정, 익숙함은 선택의 칼날을 무디게 한다. 더 이상 실패하고 싶지 않다는 바람은 종종 우리를 비겁하게 만든다. 20여 년 만에 연락이 닿은 한 후배는 내게 물었다. "그런데 왜 결혼을 안 했어요? 너무 잘나서, 눈이 높은가 보다."

수없이 받았던 질문이지만 이번에는 그 무게감이

달랐다. 젊은 날의 용기는 간데없고 나 역시 인류지대사 앞에 어느샌가 두려움에 움츠리고 있나 하는 생각이 들었다. 어느 날부터는 내게 결혼했는지를 물어 오는 질문에 이렇게 답하곤 한다. "아직, 한 번도 안 했습니다."

차라리 한 번 다녀온, 소위 돌싱이 더 인기 좋다는 격세지감의 시대다. 이에 편승해 가볍게 치고 넘기는 농담 반 진담 반의 말이었지만, 다시 들여다보니 부끄러운 마음에 저 혼자 얼굴이 달아올랐다. 그저 '결혼'이라는 두려움 앞에 이러지도 저러지도 못하는 도망자였던 셈이다. 영화 〈싸움의 기술〉에서 오판수는 이렇게 말했다.

"싸움에서 이기기 위해선 두려움을 극복해야 해, 맞아본 자의 두려움 말이야."

사람들이 인생에서 잘못된 선택을 하는 이유의 80%는 실패에 대한 두려움 때문이라고 심리학자들은 말한다. 심지어 그 실패에 대한 두려움조차도 내 안에서 기인한 것인지 아니면 사회에서 학습된 것인지, 실체를 명확히 아는 이도 드물다. 맞으면 아프다. 실패를 반복하는 삶은 고단하다. 하지만 우물쭈물하다 놓쳐 버린 것들에 대한 후회는 삶 전체를 위협할 고통일지 모른다.

밖으로 통창을 낸 호프집이었다. 달빛이 깊어지고 가게들이 하나둘 문을 닫았지만 딱 한 잔이 아쉬웠다. 다들 포근한 집으로 발길을 바삐 해 사라지고 행적도 드물었다. 기분 좋을 만큼 달아올라 멍하니 창밖을 응시하고 있을 때, 지팡이를 짚은 초로의 남성이 보였다. 그는 맞은편 불 꺼진 마트 벽을 더듬어 입구를 찾았지만, 이미 유리문마저 단단히 걸어 잠긴 상태였다. 바로 옆 치킨집은 아직 열려 있었으나 마감을 위해 뒷정리 중이었다. 어렵게 치킨집 입구를 찾아 들어갔던 그는 모래처럼 스르르 빠져 나간 마지막 기대 대신 아쉬움을 손에 쥔 채 돌아 나왔다.

둘 곳 없었던 내 시선만큼이나 갈 길 몰라 길 잃은 지팡이가 우왕좌왕했다. 선글라스를 쓴 얼굴에 어둠이 내린 밤, 쓸쓸함과 외로움이 바닥까지 흘러내려 내게 전염되는 듯했다. 이유 없이 슬펐다. 아니, 이유 있는 슬픔이었다. 내 오지랖은 이성이 느슨해진 때 더 활성화된다. 순간 난 거의 먹지 않은 채 식어 가던 치킨을 알바에게 부탁해 급히 포장했다. 그리고 그를 향해 뛰쳐나갔다.

"이거 가지고 가세요. 조금 전 들르신 치킨집 알바예요. 한 마리 튀겨 둔 게 있었는데, 좀 식기도 해서…. 그냥 드릴 테니 다음에 일찍 오셔서 팔아 주세요."

나는 그에게 차마 맞은편 가게에서 술을 마시던 손님이었노라 털어놓지 못했다. 먹먹한 가슴으로 그의 행동을 잠시나마 관찰했다는 사실을 알리고 싶지 않았다. 빈손으로 돌아서는 당신의 모습이 안쓰러워 측은지심이 발동했다고 말할 수 없었다. 누군가에게 불쌍

하게 비쳤다는 사실이 그의 마음을 아프게 할 거 같아서였다.

　"아이쿠, 마누라도 앞을 못 봐서, 요즘 젊은이들 쓰는 야간 배송은 잘 못 하거든. 내가 늦는 바람에 굶고 잘 뻔 했는데, 이거 고마워서 어쩌나…"

　집에 아내 분이 기다리고 있다는 사실에 외려 고맙다는 생각이 들었지만 말은 속으로 삼켰다. 다행이었다. 치킨은 식었지만 그의 공간과 잠자리에는 그를 맞이할 온기가 남아 있을 것이기에.
　체온으로 데워진 의자가 채 식기 전 돌아와 앉았다. 마음속에 서늘한 쓸쓸함이 차 버려 더 이상 찬 맥주를 들이켤 수 없었다. 옆에는 분명 좋아하는 이가 입김이 닿을 만큼 가까이 있었는데, 왜였을까. 서둘러 그녀를 집에 들여보내고 나도 택시를 잡아탔지만, 상념은 꼬리를 물었다. 외로움은 어디서 오는가. "누구나 혼자이지 않은 사람은 없다"라며 홀로 됨을 두려워 말라던 김재진 시인의 글이 떠올랐다. 시인도 나도 왜 사랑하는 이를 곁에 두고 완전한 반려를 부정하게 된 것인가.

인간의 근원적인 외로움에 대해 많은 지성들은 그들만의 해석을 내놓았다. 철학자 에리히 프롬은 인간에게 실존적 외로움이란 필연이며 그 시작은 어머니와 분리되는 출생의 순간이라 했다. 안톤 체호프는 고독이 두려운 자는 결혼하지 말라고 조언했다. 《난중일기》에 그려진 이순신 장군은 많은 시간을 배 위에 홀로 앉아 외로움에 눈물 흘렸다. 삼라만상 지위고하를 망라해 외롭지 않은 존재를 찾기가 더 어려운 건 아닐까.

외로움은 누군가 곁에 없어서 느끼는 감정이 아니다. 타인이 해결해 줄 수 있는 문제도 아니다. 마음을 닫아 두지 않으며 오롯이 스스로의 행복에 집중해야 할 노력일지 모른다. 그러고 보면 희망도 행복도 결국 나에게 주어진 보물찾기가 아닐까.

혼자서 온전히 채울 수 없다면 텅 빔이 주는 여운에 익숙해져야 하리라. 무소의 뿔까지는 아니더라도, 저 홀로 빛나는 뒷산 어느 언저리 걸친 별처럼 그렇게, 발끝까지 흘러내린 외로움과 쓸쓸함을 차분히 걷어 올려 허리춤에 걸치고 그렇게.

온기를 찾아 집에 돌아간 아저씨는 온전한 반려를 느끼며 편히 잠드셨을까. 암벽을 오르듯 상가 유리벽을 더듬느라 차가워진 손에 쥐어진 식은 치킨이 단 1도라도 그의 마음을 데웠을까. 다행히도 그랬다면, 외로움을 벗 삼는 깊은 나의 밤이 조금 덜 쓸쓸할 것 같다.

찰나의 말 그리고 삶

어느덧 자신의 말에 책임을 지는 아나운서로 성장한
후배 J는 기상캐스터로 처음 방송을 시작할 당시 큰 교
훈을 얻은 일화를 말해 주었다. 자세한 이야기는 이랬
다. 어느 날, J는 일요일 밤 뉴스 말미에 날씨를 전하며
이렇게 맺음했다.

"휴일 내내 전국에 내린 비는 내일 새벽 대부분 그
치며 다행히 출근길 큰 불편은 없겠습니다."

그날 뉴스가 끝나기 무섭게 방송국으로 항의 전화

가 걸려 왔다. 뭐가 문제였을까? 본인이 농부라고 밝힌 시청자는 "뭐가 다행이냐"라며 역정을 냈다고 한다. 봄 가뭄이 길어지고 있던 때, 마침 단비가 내렸으나 모내기를 할 만큼 충분한 비가 아니었던 모양이다. 농사를 짓는 입장에서는 비가 더 내리기를 바랐을 것이다.

교통 상황이 여의치 않은 도시 직장인들의 월요일을 생각하면 비가 그친다니 다행이다. 그러니 J의 말은 사실 잘못이라 할 수 없다. 그럼에도 그녀는 더 많은 사람에 대한 배려가 부족했다며 자신의 방송 전반을 돌아보는 계기가 되었다고 털어놨다.

어릴 때 읽었던 두 아들을 둔 엄마의 끝이지 않는 고민 이야기가 떠올랐다. 우산을 파는 아들과 소금을 파는 아들을 둔 엄마의 이야기. 비가 오면 우산이 잘 팔려 좋겠지만 소금을 팔 수는 없을 것이고, 화창한 날 소금이 팔려 나가겠지만 우산 장수 아들은 공을 치는 날이니 난감하다. 어떤 날을 반가워하고 어떤 날은 아쉬움을 삼켜야 할까. J의 교훈은 마치 두 아들을 둔 어머니의 고민과 묘하게 결이 같았다. 솔로몬이 되지는 못하겠지만 당시 난 이런 조언을 했었다.

　　　　　　　　　　찰나의 말 그리고 삶

"맞아. 좋은 경험을 했네. 그래서 첨예하게 이익이 대치되는 상황에선 어느 한쪽에 극단적 긍정도 부정도 하지 않는 게 낫더라. 감정이나 평가의 단어를 배제하는 거지."

우리 삶에서는 상상만큼의 행복을 주는 일도, 걱정하는 만큼의 불행을 가져오는 일도 없다. 모든 이가 같은 철학을 가지고 있다면 두 아들의 일을 걱정하는 어머니도 '다행히'라는 말 한마디에 졸지에 생각 없는 방송인이 돼 버리는 억울한 J도 없을 텐데 말이다. 출근길이 걱정되는 직장인은 조금 일찍 나서는 배려가 필요하다. 다소 부족한 듯 내린 비일지라도 해갈에는 분명 도움이 되었을 거라는 긍정의 자세도 요구된다.

비가 오는 날은 우산이 팔릴 테니 좋고, 맑은 날은 소금 장사를 하기에 조금 수월해 다행일 것이다. 항상 맑은 날만 있거나 늘 비만 내리는 때는 없다. 어떤 이의 행복이 꼭 어떤 이의 불행인 세상은 뭔가 잘못되었다.

꼬막
고르기

이른 봄이 제철인 꼬막은 맛도 맛이지만 필수 아미노
산과 양질의 단백질이 풍부해 밥상의 효자 노릇을 톡
톡히 한다. 요리 좀 해 본 사람은 안다. 꼬막 요리에서
가장 중요한 것은 해감하는 과정이라는 것을. 펄에서
살다 보니 진흙을 제대로 제거하지 못하면 밥알을 모
래와 함께 씹어야 하는 낭패를 보기 십상이다.

그래서 우리 식탁에 오르기 전의 필수 과정이 있
는데, 바로 선별이다. 알려진 바와 반대로 어패류는 입
을 꽉 다물고 있어야 신선한 놈이다. 제철 꼬막은 살짝
벌린 틈새에 손가락이 끼이면 살점이 뜯기지 싶을 만

찰나의 말 그리고 삶

큼 힘이 좋다 보니 삶기 전에는 대부분 앙다문 상태다.

어느 프로그램에선가 본 꼬막 선별의 달인은 스치는 손길로 죽은 꼬막을 선별해 냈다. 단지 죽었기에 골라내는 것이 아니다. 죽은 꼬막은 진흙을 잔뜩 머금고 있을 확률이 높기 때문이다. 앙 다문 상태의 녀석을 제거해 내지 못하고 넣었을 경우, 음식을 다 망쳐 버리고 만다.

우리 감정도 마찬가지가 아닐까. 상처를 준 사람을 미워하거나 실패한 일에 대한 미련을 되새김질하며 자신의 감정을 끊임없이 달구는 사람들이 있다. 마치 언제 폭발할지 모르는 마그마를 품고 사는 활화산 같은 이들이다.

이들이 풍기는 감정은 위태롭고, 던지는 말은 날카롭다. 긍정적인 언어가 관계를 건강하게 한다면, 애초부터 자신 안에 건강하고 좋은 감정만을 남기는 습관이 중요할 것이다.

부정적 감정은 흙을 품은 꼬막과 같다. 썩은 알맹이가 서로 맞닿아 있는 포도송이와 같다. 그대로 두면 주변 재료들과 알맹이를 오염시키고 이내 요리 전체와 포도송이 모두를 망치고 썩게 할 테니 말이다.

흔히 인생은 항해에 비유되기도 한다. 배의 종착지를 결정하는 것은 돛의 방향이다. 마음은 인생의 돛과 같다. 옳은 방향을 향해 단단히 움켜쥐어야 할 돛. 항상 순풍만 불지 않는 긴 항해에서 우리의 삶이 길을 잃지 않게 도와줄 돛은 바로 긍정적인 마음가짐이다.

찰나의 말 그리고 삶

예상 밖의
선전

"아 제가 OO선수를 무시하는 게 아니고요…."

아시안 게임 여자 배드민턴 단체전 중계 중 한 캐스터가 급하게 말을 수습한다. 무려 29년 만의 금메달 도전이었다. 더구나 중국의 홈경기로 일방적 응원까지 더해졌다. 단식, 복식, 단식, 복식 그리고 마지막 단식까지 5전 3선승 승부였다. 첫 단식에서 세계 1위의 A 선수가 압도적으로 중국 선수를 제압한 상황. 두 경기를 더 이겨야 했다. 캐스터가 변명을 덧붙여야 했던 발언은 이랬다.

"아무래도 저희가 이후 단식 경기에서는 중국에 조금 밀리기 때문에, 복식 경기를 확실히 잡고 가야겠죠."

두 번째 복식 경기가 진행 중이었으니 세 번째 단식으로 출전하는 선수를 이기긴 쉽지 않을 거라는 해석이 가능한 멘트였다. 세 번째 단식은 랭킹 18위와 5위의 싸움. 방송에 서툰 해설위원은 캐스터의 실언을 매끄럽게 정리하지 못했다. 승부를 미리 예측하는 듯한 베테랑 캐스터의 중계는 시청자들을 불편하게 하기 충분했다. 물론 한국 선수들의 금메달을 기원하는 상황에서 나온 실수였다.

일상에서 우린 제법 많은 경우 이런 실수를 범한다. 사람들은 쉽게 타인을 수치화하고 서열화한다. 세계랭킹이 대회마다 새로 정리되는 운동선수들은 말해 무엇할까. 말은 부정적 상황에서 더 예리한 칼날이 되곤 한다. 그 칼날이 섣불리 재단한 우리 앞의 벽들은 자신과 그 말이 향하는 대상까지 무기력하게 만든다. '재단'에는 옷감을 치수에 맞춰 자른다는 의미 외에도 '옳고 그름을 가려 결정하는 행태'도 포함된다. 성공과 실

찰나의 말 그리고 삶

패는 옳고 그름의 문제가 아니다.

그 캐스터의 중계는 두 번째 복식 경기와 같은 시간에 진행되던 배구 경기로 넘겨지면서 멈췄다. 나는 채널을 옮겨 세 번째 단식 경기에 나선 K 선수를 끝까지 애타게 응원했다. 결과는 두 번째 복식, 세 번째 단식 모두 한국 선수들이 내리 승리하며 금메달을 획득했다.

예상豫想은 "어떤 일을 직접 당하기 전에 미리 생각해 둠"이라는 의미를 가지고 있다. 예상은 결과의 차원이 아니다. 다가올 미래에 대한 우리 마음가짐의 문제다. '재단'과 '예상'이라는 단어는 양면성을 가지고 있다. 그 방향은 우리의 태도가 결정한다.

태어나는 순간부터 우리는 매 순간 비교되고 수치화된다. 경쟁은 숙명이며 서열화는 일상이다. 부끄럽지만, 조언이라는 미명 아래 "자꾸 경쟁에서 밀리면 끝없이 추락하는 게 우리 삶이야."라고 현실을 비관하던 시절도 있었다.

흔히 "다윗과 골리앗"의 이야기나 "계란으로 바위 치기" 등의 표현을 빌려 힘든 승부를 예측하고는 한다. 여기에는 두 가지 극단의 태도가 숨어 있다. 실패를 염두에 둔 면피용이거나 혹은 스스로 좌절하지 않을 의지의 다짐이다. 과거의 결과물을 오늘의 나로 규정지을 순 없다. 타인의 시선에서 자유로울 권리도 오늘의 경쟁에서 승리의 의지를 다질 권한도 오직 나 자신에게 있다.

누구도 삶 속 크고 작은 도전의 결과를 예상할 순 없으며, 매 순간을 충실히 사는 것만으로 이미 우리의 삶은 훌륭히 선전하고 있다. 그래서 "예상 밖의 선전"이란 표현은 우리 인생에 어울리지 않는다.

경주하다

한동안 7호선을 타고 부천까지 출퇴근을 했다. 1시간이 넘는 거리다. 젊음의 패기 따위는 점차 기울고 있는 나이다 보니 빈자리를 힐끗거리기 시작했다. 과학적 근거나 믿어 달라고 내밀 통계 자료는 없지만, 나는 자리에 앉아 있는 승객들의 면면을 보면 조만간 내릴 사람인지 여부를 짐작할 수 있다. 어떻게 그럴 수 있냐고 묻는다면, 7호선 각 역사가 있는 지역의 특성이나 승객들의 성별과 나이 그리고 미세한 행동 분석으로 쌓아 온 빅 데이터 분석이라고 해 두자.

여지없이 나의 빅 데이터가 적중해 선호하는 끝자

리에 앉은 날이었다. 뚝섬유원지역에서 신중동역까지의 여정에는 청담, 강남구청, 고속터미널, 이수, 온수 등 아주 중요한 환승역들을 지나게 된다. 내가 아무리 안락함에 자존심을 파는 BMW_{Bus, Metro, Walk} 출근족이라고 해도 노약자와 임산부, 아이들, 더불어 예쁜 반려 동물들에게 자리를 곧잘 양보하곤 한다.

이수역 도착 직전에는 유난히 열차 마지막 칸이 붐빈다. 진접이나 오이도 같은 경기도행 환승 승강장이 마지막 칸에서 내려야 가깝기 때문이다. 그래서 이수역을 앞에 두면 내 엉덩이가 바빠진다. 유독 어르신들이 많아서 "여기 앉으세요."라는 말과 더불어 만개한 잇몸까지 동원해 최대한 친절하게 웃으며 벌떡 일어서곤 한다. 그런데 그날따라 이상한 상황이 반복됐다. 어르신들께 앉으시길 권하며 일어나는 족족 내게 이렇게 말씀하시는 게 아닌가.

"괜찮아요. 이번에 내려요."

'경주傾注하다'라는 말은 강물이 빠르게 흘러 들어가는 모양을 일컫는다. 그분들은 이수역에 내리기 위

　　　　　　　　　　찰나의 말 그리고 삶

해 무거운 집 보따리에 지팡이를 짚고 마치 〈설국열차〉의 최상위층 열차 칸으로 경주하듯 향한다. 마지막 칸의 출입구에 몰린 인파는 그 나이와 성별과 관계 없이 같은 목적으로 모인다. 열차의 마지막 칸에 빼곡하게 모인 승객들을 보며 이런저런 생각에 잠겨 있다 문득 내 삶을 투영해 봤다.

'내려서 걸어도 마찬가지일 텐데, 왜 힘겹게 마지막 칸까지 미리 모여드는 걸까. 지하철 환승 시간 마저 단축해야 하는 숨 가쁜 삶 때문일까?'

시장에서 적은 돈을 흥정하며 열을 올리지만 정작 큰돈이 새 나가는 건 모르듯, 작은 것에 집착해 큰 것을 잃고 사는 것. 그게 나와 같은 범인들의 일상이 아닐까. 마치 경주마들의 곁눈질을 막기 위해 눈 좌우에 가리개를 한 것과 같다. 삶은 경주가 아닌데도 팍팍한 삶이 우리를 그렇게 만드는 것은 아닌지.

'경주하다'에는 힘이나 정신을 한곳에만 기울인다는 뜻도 있다. 품은 뜻을 위해 최선을 다한다는 의미겠지만, 매 순간을 그렇게 살 수는 없는 노릇이다. 트랙을 달리는 육상 선수나 스케이팅 선수들은 곡선 주루에 앞서 바깥쪽으로 살짝 돌아 질주한다. 자신의 속도를 못 이기는 관성 때문에 밸런스가 무너져 기록이 더 저조해지거나 넘어질 수 있기 때문이다. 인생이라는 긴 마라톤에서 우리가 애써 여유를 가져야 하는 이유가 아닐까.

말도 마찬가지다. 목적을 향해 맹목적으로 내달리는 말은 상대를 지치게 만든다. 표정을 살펴 이해의 정도를 파악하고 적절한 지점에선 무언無言으로 인위적 공백을 두어야 한다. 이것이 서로의 관심을 붙잡아 두고 중요한 내용이 온전히 전달되도록 하는 친절한 말하기다.

삶에는 때론 전력을 다해 경주해야 할 때가 온다. 하지만 기나긴 인생 전반을 그렇게 살 수는 없다. 숲을 볼 수 있는 여유와 혜안까지는 아니더라도, 때로는 옆에 서 있는 나무들을 하나하나 둘러보며 숨을 고를 필요가 있다. 그 나무들의 이름도 좀 물어가면서 말이다.

서둘러 내려야 10여 분의 간격을 두고 오는 열차를 놓치지 않을 것이다. 남보다 먼저 줄을 서야 엉덩이를 붙

찰나의 말 그리고 삶

여 두 다리가 쉴 수 있는 여유를 누릴 수 있으니 이해한다. 이쯤이면 누군가 내게 이렇게 물어올 법도 하다. "그럼 당신은 왜 항상 마지막 칸에 있나요?" 이유는 간단하다. 목적지인 신중동역 개찰구로 향하는 계단이 가장 가깝기 때문이다.

지하철에서 내려서 버스로 갈아타니 보이는 문구가 하나 있었다. 한국주택금융공사에서 운영하는 주택연금 광고인 듯했다. "버스는 놓쳐도 노후 행복의 기회는 놓치지 마세요!" 순간 내가 하고 싶었던 이야기를 한 줄로 써 놓은 것 같아 그냥 흘려보낼 수 없었다. 그래서 이렇게 바꿔 메모해 두었다.

"지하철은 놓쳐도 삶의 소소한 행복은 놓치지 마세요."

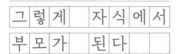

유난히 부고訃告가 많던 봄날이었다. 전 직장 선배 K의 어머니 장례식에 가게 되었다. 장례식장은 수많은 조문객으로 꽉 차 있었다. 장례 이틀째의 K 선배는 피로감 때문인지 많이 울어서인지 아니면 술기운 때문인지 힘든 모습이 역력했다. 술잔을 기울이며 각각의 안부를 묻고 받던 그가 내게 회한을 건넸다.

"누구나 꼭 지나야 하는 과정인데, 그게 내 일이 되니 힘드네. 나도 너만큼이나 참 우리 엄마에게 잘해 드리려 했거든. 근데 가시고 나니 내가 뭘 했나

227

싶다. 정작 원하시는 건 못 해 드린 것도 같고….
너도 모시고 살며 이래저래 효도하는 거 아는데,
이제 그만 독립해서 손주부터 안겨 드려라."

새벽 무렵에야 부모님이 주무시는 집에 돌아와 무심히 TV를 켰다. 잠이 쉬이 오지 않았다. 영화 〈공공의 적〉이 한창 막판으로 치닫고 있었다. 이미 수차례 봤던 영화였지만 스토리를 잊은 채 처음 보는 영화처럼 빠져있을 때였다. 가슴에서 불이 솟고 눈물이 왈칵 쏟아졌다.

영화에는 말로 설명하기 어려운 부모의 사랑이 등장한다. 부모의 유산이 필요했던 폐륜 아들이 복면을 쓰고 자신의 부모를 무참히 살해한다. 사건이 미궁에 빠졌을 때, 아들이 범인임을 밝히는 데 쓰인 결정적인 단서는 관객들의 분노를 탄식의 눈물로 승화시킨다. 단서는 칼에 찔린 목의 자상에서 발견된 작은 손톱 조각이었다. 폐륜 자식의 어머니는 숨이 멎는 마지막 순간까지 아들을 위해 범행 과정에서 떨어져 나온 그의 손톱 조각을 삼킨 것이다.

나는 차마 영화를 다 보지 못하고 TV를 껐다. 그

러자 다시 깊은 상념이 찾아왔다. 부모와 자식의 관계 그리고 진실한 효孝는 무엇일까. '결핍'을 경험한 사실상 마지막 세대의 자녀들이 성인이 되었다. 한 방송인은 자신들의 자녀에게 어떻게 하면 그것을 경험하고 그 필요성을 깨닫게 할지 고민이라고 토로했다. 한없이 주고도 더 줄 것이 없어 아쉬워하는 존재가 부모다. 변함없는 그들에 비해 충분히 받았음에도 해 준 것이 뭐가 있냐고 뻔뻔하게 소리치는 이들이 자식이다.

늙을 '노老'자의 생략체를 아들 '자子'가 받치고 있는 형상이 '효孝'자다. 그러나 주변을 돌아보면 정반대의 경우가 많다. 오히려 노구老軀들이 자식을 떠받치고 내어 주며 칠순을 넘고 구순을 바라본다.

마치 〈우렁각시〉 우화로 알려진 '논우렁'의 암컷과 같다. 우렁이는 몸 안에서 알을 낳아 부화시켜 세상에 내놓는 난태생이다. 자라는 동안 새끼들은 어미의 몸을 뜯어 먹는다. 자신의 몸을 먹이로 내준 후 결국 빈껍데기만 초라하게 물 위에 둥둥 떠다닌다. 일견 알을 보호하기 위해 아무것도 먹지 않고 생을 마치는 '가시고기'의 수컷과도 닮았다. 감사하자. 한없이 고마워하자. 누군가 여러분에게 '성공'이라는 타이틀을 붙여 준다

면, 이는 오롯이 우렁이와 같은 어머니와 가시고기 같
았던 아버지 덕임이 틀림없으니.

누가 영원히 살기를 원하는가

영화 〈하이랜더〉에 나오는 어느 종족은 숙명적으로 마지막 1명이 남을 때까지 서로를 찾아 죽여야만 하는 운명을 타고났다. 맥클레인도 그 종족 중 한 명으로, 450년 전 태어난 불사의 존재다. 전쟁에서 홀로 살아남은 그는 악마로 몰려 부족에서 추방된다. 자신의 존재를 숨기며 산골에서 사랑하는 여인과 조용히 살던 그는 운명의 소용돌이로 빠져든다. 평생을 함께한 부인은 어느새 백발의 할머니가 되었고, 그녀는 여전히 청년의 모습을 한 남편의 무릎에서 마지막 말을 남기고 숨을 거둔다.

찰나의 말 그리고 삶

"내가 처음 사랑했던 그대로의 모습으로 평생 곁에 있어 줘서 행복했어요."

그리고 그 순간, 퀸의 ⟨Who want to live forever⟩가 흘러나오며 프레디 머큐리가 절규한다.

"Who want to live forever?(누가 영원히 살기를 원하는가?)"

호르몬의 요술로 감정이 너울 치던 사춘기 시절, 감미로운 멜로디와 어우러진 이 한 장면은 액션 영화를 돌연 러브스토리로 만들었다. 먼지가 뽀얗게 덮인 VCR 테이프를 창고에서 뒤적여 찾아낸 건 20여 년이 지나 접한 또 다른 영화 때문이었다.

⟨뱀파이어와의 인터뷰⟩에는 아내와 아이를 잃고 죽음을 간절히 바라는 아름다운 뱀파이어 루이와 적극적으로 신선한 피를 찾아다니며 젊음을 유지하는 레스타트가 등장한다. 레스타트에 의해 뱀파이어가 된 후에도 인간의 피를 거부하던 루이는 한 고아 소녀에게 묘한 끌림을 느끼고, 이를 간파한 레스타트가 그 소녀

를 뱀파이어로 만들어 셋이 가족을 이룬다. 그러나 그 소녀가 불씨가 되어 세 사람은 파국을 맞고, 결국 복수에 성공한 루이만이 살아남는다. 이후 그 어떤 인간보다 인간적인 고통과 괴로움 속에 사는 루이와의 인터뷰를 위해 한 라디오 방송 작가가 그를 만난다. 방송작가는 이내 영생의 존재에 감복하여 자신의 피를 마셔서 뱀파이어로 만들어 달라 루이에게 애원한다. 그러자 루이가 말한다.

"인간이 아름다울 수 있는 건, 삶이 유한하기 때문이야."

영화 얘기로 시작했으니 영화로 마무리하고자 한다. 크리스토퍼 놀란 감독의 배트맨 시리즈 완결인 〈다크 나이트 라이즈〉에는 악당 베인에 맞선 브루스 웨인의 분투가 그려진다. 베인은 지하 감옥에서 탈출을 시도하는데, 도저히 살아서 나갈 수 없는 곳이다. 이때 그곳에서 가장 오래 머문 노인이 그에게 조언한다. "죽음을 두려워하지 않는군. 줄을 매지 말게. 다시 두려움이 찾아올 거야."

찰나의 말 그리고 삶

전쟁에서 가장 강한 전사를 만들어내는 것은 결국 죽음에 대한 두려움이다. "생즉사 사즉생 生卽死 死卽生"은 절체절명의 순간에 목숨을 걸라는 뜻이 아니다. 죽음에 대한 두려움을 버리고 살기 위해 기꺼이 죽음을 각오하라는 의미일 것이다.

죽기로 마음먹거나 죽음을 초월했다는 것은 이미 포기한 마음일지도 모른다. 삶을 위해 죽음의 두려움을 이겨 내는 것. 어차피 죽음은 찾아오기에, 도리어 오늘 하루를 전쟁처럼 살아낼 수 있는 것. 그것은 하루하루 승리하는 삶이다. 사람이 아름답고 인간이 강인한 것은 필연적 마지막이 있기 때문이다.

21그램의
생과 사

어릴 적 책에서 읽은 이야기들은 진위 여부와 상관없이 오래 진실로 지켜가고 싶은 욕심이 든다. 이런 이야기도 있다. 유난히 자고 일어나면 재채기를 해 대던 소년이 있었다. 그 이유는 사실 깊은 잠에 빠진 소년의 영혼이 어떤 통로를 통해 몰래 외출을 하기 때문이었다. 그 통로가 바로 콧구멍이라는, 믿기 힘들지만 그럴싸한 이야기였다. 내 영혼은 밤새 어디를 돌아다녔는지, 매번 잠에선 깬 나는 천둥 치듯 재채기를 해 댈 수밖에 없었다.

그렇게 나름의 순수함을 지키겠다며 사춘기를 지나던 어느 날, 믿기 힘들었던 앞선 이야기를 뒷받침할

찰나의 말 그리고 삶

만한 실험이 있었다는 사실을 알게 됐다. 사람이 죽는 순간 21그램이 줄어든다는 연구였다. 던칸 맥두걸이라는 의사가 제기한 가설은 안타깝게도 실험의 표본이 적고 실험 방식의 문제점 등이 지적되며 과학계에서는 받아들여지지 않았다. 그럼에도 인간의 영혼이 물리적 특징을 지니고 실존할 수 있다는 새로운 주장에 왠지 힘을 실어 주고 싶었다.

그런 생각을 한 것이 나만은 아니었던 모양이다. 이 실험에서 영감을 얻은 동명의 영화가 제작되기도 했다. 알레한드로 곤살레스 이냐리투 감독의 〈21그램〉이다. 영화 속에는 삶과 죽음의 경계에 놓인 주인공들이 등장한다. 우연히 발생한 하나의 교통사고에 얽혀들며 서로의 삶이 뒤엉키기 시작한다. 각자의 인생에서 누구는 더 나은 삶은 위해 또 다른 누군가는 영혼의 안식을 위해 선택의 기로에 놓인다.

영화는 얽히고설킨 인물과 사건의 중심에서 삶의 의미와 영혼의 가치에 대한 진지한 고민을 던진다. 조금 다르게 생각하면 천근만근의 고민으로 살아 내는 인생이지만, 삶의 무게는 불과 21그램이라는 의미다. 영화 속 대사처럼 "초콜릿 바 하나의 무게, 500원짜리 동전 3개의 무게, 벌새의 무게"다.

　세상을 호령했던 진시황 같은 천하의 영웅도, 수십만의 목숨을 앗아간 히틀러와 같은 전범도, 모두 같은 무게의 영혼을 담고 살다 가는 것이다. 허무주의처럼 보일지 모르지만, 어른들이 현실의 삶에서 느낀 교훈인 "아등바등 살 필요 없다."라는 조언도 크게 다르지 않을 것이다. 하고 싶은 걸 하고 가고 싶은 곳에 가며 함께 하고픈 이들과 시간을 보내자. 우리 모두 딱 21그램의 단출하고 가뿐한 무게로, 어딘지 모를 그곳으로 떠날 시간이 다가올 테니.

찰나의 말 그리고 삶

티베트인들은 평생 한 번은 '오체투지 五體投地'라 불리는 순례를 떠난다. 양 무릎과 팔꿈치, 이마가 땅에 닿는다고 해서 오체투지라 한다. 이는 교만을 버리고 간절히 원하는 구원을 이루기 위한 고행의 길이다. 최종 목적지는 현재 중국의 티베트 자치구에 자리한 라싸의 조캉사원이다. 몇 년, 길게는 평생을 두고 순례길에 오르기도 하지만, 실패하는 사람도 있고 심지어 목숨을 잃는 이도 종종 있다.

　내게 오체투지를 떠올리게 한 이들은 어떤 모녀였다. 난 그들을 '가'자 모녀로 기억한다. 자음 'ㄱ'과 모음 'ㅏ'를 연상케 하는 그들의 나들이 모습 때문이다. 어떤 연유인지 어머니는 마치 고령의 할머니처럼 허리가 정확히 90도로 굽은 채 걸으셨다. 처음 봤을 때 어렸던 딸은 항상 그녀 곁에서 적당한 거리를 두고 걸었다. 이후 어떤 날은 교복을 입고, 다른 날은 음식 포장 봉투를 손에 들고, 하루는 우산을 받쳐 들고 길을 지나갔다.

모녀는 항상 세상의 속도와 다르게 느릿느릿 동작을 옮겼다. 두 사람에게는 시간마저 다르게 흐르는 것 같았다. 하지만 세월이라는 유탄을 그녀들도 피할 수는 없었다. 이후 목격한 장면 속 딸은 훌쩍 자라 길어진 모음이 되어 있었고, 그녀에 비해 자음은 더욱 지면을 향해 기울만큼 기울어 위태롭기까지 했다.

두 사람이 대화하는 것을 본 적은 없다. 한 사람은 정면을 다른 이는 바닥을 향해 있으니 표정은 둘째 치고 말도 서로에게 가 닿지 못하리라. 아기 새가 둥지를 떠날 준비를 하는 것처럼 자음과 모음의 거리는 더욱 멀어졌다. 안타까움에 고개를 돌려 외면하던 나는 횡단보도에서 우연히 마주한 딸의 표정을 유심히 살폈다. 삶의 무게를 온전히 짊어진 듯한 앳된 얼굴 속에 고

　　　　　　　　찰나의 말 그리고 삶

뇌와 번뇌가 느껴졌다. 어머니의 얼굴은 보지 못했으나 그에 못지않을 것이다.

수천 킬로미터를 마치 자벌레 마냥 온몸을 써 이동하는 티베트인들. 모녀의 모습에서 내가 그들을 떠올린 건 어쩌면 우리 모두의 인생과 닮아서인지도 모른다. 양발만을 땅에 디딘 영장류는 인간뿐이다. 그런 인간도 오체로 삶을 시작해 오체로 마감하지 않는가. 어린 마음에 부모를 부끄러워했던 시절의 내가 떠올라 가슴이 아려왔다면 역시 연민 피로에 불과한 것일까. 어린 소녀가 이해하기는 어렵겠지만, 내가 해 줄 수 있는 글의 위로조차 이 정도인 게 안타깝다.

티베트인들의 전 생애를 건 '투지鬪志'의 고행은 단 하나를 위함이다. 현생의 교만함을 지우고 영원한 다음 생에 들기 위해서다. '가'자의 형태로 목격되던 모녀도, 그들을 통해 유년기를 오버랩한 나도, 그리고 하루는 웃고 다른 하루를 좌절하는 우리 모두도, 결국 '삶'이라는 각자의 오체투지에 나섰는지도 모른다. 원하지 않았지만 최종 목적지도 모르지만, 세상에 태어난 인간으로서 짊어진, 느리더라도 완수해야 할 소명召命일지도 모른다.

오체투지에 나선 이들에게 현생은 '찰나'의 순간일 뿐, 고행도 고통도 그들에게는 지나가는 바람과 같다. 티베트 속담은 전한다.

"빨리 걸으면 라싸에 도착할 수 없다."

찰나의 말 그리고 삶

지렁이의 소명

많은 사람이 지렁이를 싫어한다. 그 존재보다는 그 모양새나 움직임, 혹은 만약 손에 쥔다면 느껴질 미끄덩거림을 꺼려서일 것이다. 지렁이는 비가 내린 후 화단 주변이나 한강 산책로 그리고 가로수 길에 많이 출몰한다. 나는 그들이 눈에 보이는 족족 손으로 집어 그늘진 흙 위에 던져 주곤 하는데, 하루는 길 가던 아주머니 한 분이 이상해 보였는지 물었다.

"그걸 왜 더럽게 손으로 그래. 그냥 두지. 비 오면 으레 그렇게 말라 죽곤 하는데, 뭐 하러 그래?"

지렁이는 더럽지 않다. 평생을 흙 속에서 모래를 삼켜 유기물을 먹고 뱉어 내기를 반복한다. 흙을 파서 헤집고 다니는 그들의 끊임없는 움직임이 토양을 비옥하게 하고 식물들의 성장에 공헌한다. 혹자는 지렁이가 없었다면 인간의 농경도 지금과는 다른 모습이었을 거라며 그들을 추앙했다.

먹이사슬의 가장 낮은 곳에 위치한 것도 지렁이다. 지렁이들은 묵묵히 땅을 일구다 먹이로 산화되기 일쑤다. 그 느린 속도는 목숨이 파리보다 더 위태로운 이유가 된다. 죽음의 위협에도 불구하고 지렁이가 비 오는 날에 땅 밖으로 나오는 것은 짝짓기를 향한 본능이다. 보통 숨을 못 쉬어서 또는 빗물을 반겨서라고 생각하지만, 사실 간절한 본능을 향한 행동이다.

내가 도로변에서 사람의 발이나 차바퀴에 객사할지 모를 지렁이들을 구하는 것이 지구의 지속 가능에 공헌하는 또 다른 업적인지도 모르겠다. 하지만 그 짧은 순간 아주머니에게 그것을 다 설명할 순 없었다. 난 그저 이렇게 말하며 미소 지었다.

"그래도 제가 살린 녀석들의 삶은 조금 더 이어지

지 않을까요?”

지렁이가 먹고 뱉어낸 분변토는 인류가 얻을 수 있는 가장 깨끗하고 안전한 비료라는 사실을 일찍이 찰스 로버트 다윈은 밝혔다. 무려 27년간 지렁이를 연구한 그를 보고 사람들은 비웃기도 했다. 연구 가치도 없는 하찮은 존재라는 천대는 옳지 않다. 지렁이들은 아주 천천히 광대한 토지를 일구는 농사꾼이다. 그러면서도 당당히 소나 돼지와 같이 가축으로 분류되는 환형동물이다. 그래서 그들을 ‘땅속의 용’이라는 의미로 ‘지룡地龍’ 혹은 ‘토룡土龍’이라 칭송해 왔는지도 모른다. 올 장마철에도 난 수많은 토룡들을 구해 냈다. 그리고 그들에게 마음속으로 나지막이 인사를 전했다.

‘가라. 가서 사는 날까지 열심히 땅을 일구어 소명召命*을 다해라. 그리고 다음 생에는 사람으로 태어나 천수를 다 누리길….’

---

* 복음과 전파 등의 종교적 뜻에서 시작됐지만, 현재는 어떤 일을 하던 매일의 평범한 일상과 일터에서 자신에게 주어진 본분을 의미한다.

4장 겨울

관계의 맛,

신뢰 한 스푼 진심 두 스푼

5장 다시, 봄

쓰	는		인	간	에
대	하	여			

"말과 글 모두가 인품의 반영이라면 두 목표를 동
시에 추구하는 일은 꽤나 분열적인 작업이었다."

쓰는 사람에서 말하는 사람이 된 작가가 느낀 괴리감
혹은 접점이었을 것이다. 나는 반대로 20여 년을 말하
는 사람에서 책 한 권을 간신히 세상에 내놓은 새내기
쓰는 인간이다. 그 이질감 이면의 공통분모를 찾기 위
해 애썼다. 첫 책을 내며 발견한 답은 관계와 공감 그리
고 맥락이었다. 하나를 더 추가한다면 철학이라고 할
수 있겠다. 친구들과의 술자리에서 이런 얘기를 풀어

놓았다가는 지금 아는 척 하느냐고 핀잔이 돌아올 것이다. 그렇다고도, 아니라고도 못하는 이유는 내가 뿌리를 내린 지식의 토양은 그들을 포함한 수많은 쓰는 사람들이 쌓아 올린 거대한 거름의 밭이기 때문이다.

누구나 일기를 쓰던 시절이 있었다. 지극히 개인적인 하루 일과를 기록한 것이니 에세이라고 해도 무방하다. 안네 프랑크도 자신의 내밀한 기록을 누군가에게 들키지 않을까 하는 두려움과 누군가가 본다면 어떨지에 대한 일말의 설렘으로 써 내려갔을 것이다. 생사 여부를 매일 걱정해야 하는 극한의 공포 속에서도 말이다.

매일이 아니라도 일기를 쓰거나 나처럼 지하철 구석에 앉아 간단한 메모 혹은 글이라 불리는 것을 만들고 있다면, 이미 당신은 작가다. 작가가 아니면 어떠랴. 그것이 무엇이든 쓰자! 일기도 좋겠고, 가계부면 어떤가. 순간의 감정을 간단히 메모한 시가 되어도 좋겠다. 그러고 보니 내 아버지 청춘의 모든 기록은 작은 수첩 몇 개가 전부였다.

1945년 히로시마에 원자폭탄이 떨어지며 대한민국은 광복을 맞았다. 그해 일본 어딘가에서 농사를

관계의 맛, 신뢰 한 스푼 진심 두 스푼

짓던 조부모의 3남 3녀 중 둘째 아들이었던 아버지는 6살 조막손으로 보따리를 움켜쥔 채 열도를 도망치듯 빠져나왔다. 간신히 옷가지만 챙겨 돌아온 조국은 아버지와 그의 형제들에게 가혹했다. 술 몇 잔에 얼큰해지실 때면 수없이 반복되던 레퍼토리가 있었다.

"아빠가 얼마나 똘똘했는지 알아? 없어서, 못 배워서 이렇게 살지만, 아빠도 공부했으면 너보다 잘했어! 이놈아…"

아버지는 의무교육도 채 마치지 못하고 노동 현장을 전전하셨다. 어릴 때는 비 오는 날이 좋으면서도 싫었다. 아버지가 일을 나가지 않으시니 좋았고, 아버지가 집에 계시니 싫었다. 아버지는 비만 오지 않는다면 삼복더위에도, 시베리아 한파에도 일을 다녀오셨다. 여름에는 땀에 젖어 쉰내 진동하는 옷을 받아 드렸고, 겨울에는 추위에 부르튼 손을 잡아 드렸다.

고된 노동이 남긴 각질을 벗겨내듯 목욕을 마친 아버지가 항상 방바닥에 웅크려 쓰시던 글이 있었다. 손바닥 남짓 크기의 수첩에 해머 같이 큰 손으로 몽당

연필을 쥐고 꾹꾹 눌러 적으시던 글들. 어린 날엔 보고
싶지 않았다. 그 모습도, 그 내용도. 아버지의 고희연을
치른 며칠 후였을까. 나는 무슨 생각이었는지 무심히
꼬질꼬질한 수첩을 펼쳤다. 수첩의 모든 페이지에는
이런 글들이 차곡차곡 벽돌처럼 견고히 쌓여 있었다.

> 1995년 11월 5일, 롯데월드 현장, 12시간
> 1998년 5월 18일, 일산 단독주택 현장, 11시간
> ⋮
> 2001년 8월 12일, 성수동 초등학교 신축 현장,
> 9시간

　내가 써 내려가는 문장들은 어쩌면 무라카미 하루
키나 위화, 혹은 스테디셀러에 오른 수많은 글을 흉내
낸 허세 가득한 말의 잔치인지 모른다. 아버지가 수십
년 반복해 쌓아 올린 노동과 땀의 기록들에 비하면 그
렇다. 아버지는 간신히 집에 돌아올 만큼의 기운만 남
긴 채 자신의 극한을 매일 느꼈을 것이다. 이윽고 마지
막 남은 힘으로 펜 끝에 힘을 주어 자신이 이룬 노동의
가치, '일당'이라 불리는 자본주의의 족쇄이자 열매를

하나하나 그려 넣었을 것이다.

쌓여 가는 그 열매 하나에 내일을 다시 살아 낼 힘을 얻으셨을까. 돈이 되지 않을 글 한 편에 내일을 기대할 꿈을 내가 꾸었듯, 내 아비의 수십 년 고된 노동의 바탕에는 그 글자들이 위로가 되었을까. 생각해 보면 우리는 모두 그렇게 오늘의 역사를 써 내려 간다.

'쓰다'는 의미의 'Write'는 고대 영어의 'Writan'에서 유래했다는 설이 있다. 이는 긁거나 할퀴는 것을 뜻한다. 종이도 필기구도 없던 시대, 인간은 돌이나 뼈 등의 도구를 이용해 'Wrist' 즉, 손목의 힘으로 나무나 돌에 새겼을 것이다. 결국 무엇인가를 쓰는 행위 자체가 고된 노동의 하나였던 셈이다.

살아갈 힘이 되고, 누군가의 꿈이 되며, 때로는 가족의 생계를 짊어질 글이라면 그것이 노동의 날수를 기록한 장부면 어떻고 명작을 흉내 낸 에세이면 어떤가. 대문호 헤밍웨이조차 쓰는 행위를 "마치 전쟁처럼 목숨을 걸고 생명을 지키는 사활을 건 일"이라 했는데 말이다.

작가가 아니면 어떠랴. 쓰자! 그것이 무엇이든, 그것이 어떤 기록이든. 순간의 감정을 간단히 메모한 단한 줄의 시라도 좋겠다. 피로 맹세하듯 다짐해 본다. 진심을 쌓는 인간이 되겠다고 말이다.

미소를
짓다

집을 짓다. 무대를 짓다. 창고를 짓다. 밥을 짓다. 이렇듯 무언가를 짓는다는 말에는 만든다는 의미가 강하다. 없던 것을 세상에 내놓거나, 기존에 있던 것을 이용해 새로운 것으로 재탄생시킨다는 뜻도 된다. '시를 짓다'라고도 한다. 그런 면에서 보면 창조적 행위를 수반하는 가장 근본적 과정이기도 하다. '책을 쓰다'라는 표현보다 '책을 짓다'라고 하니 무언가 절실한 소명을 부여받았거나 경건한 일을 하는 듯한 기분마저 든다.

무언가를 만들어 내는 일은 둘째 치고, 내 몸인데도 내 맘대로 되지 않는 일이 많다. 그중 가장 어려운

5장 다시, 봄

일은 바로 '미소를 짓는 것'이다. 미소를 띠는 것도 노력과 의지가 필요하다. 행복을 이야기할 때 '미소'와 '웃음'은 빼놓지 않고 언급된다. 행복 전도사와 웃음 전도사는 동의어로 받아들여진다. 행복해서 웃는 게 아니고 웃어서 행복해진다는 믿기 힘든 설도 있지만, 이를 과학적으로 증명하려는 시도는 이어지고 있다.

독일의 심리학자 프리츠 스트랙은 1988년에 이에 관한 실험을 했다. 두 그룹의 사람들에게 만화를 보여주며 한 그룹은 연필을 입에 물게 하고, 다른 그룹은 그냥 시청하게 했다. 연필을 입에 물면 자연스럽게 광대가 올라간다. 광대근은 미소를 지을 때 사용하는 근육이다. 억지로 크고 과장해서 웃게 하는 웃음 치료와 같은 것이다. 실험 결과, 연필을 입에 문 집단에서 더 많은 이들이 만화가 재미있다고 답했다. 이는 육체가 의도한 표현이 구체적 감정으로 이어진다는 것을 보여주고 있다. 이 연구에 관한 많은 논란은 큰 의미가 없다. 우리는 일상에서 이미 이런 실험을 수없이 반복하고 같은 결과를 경험했기 때문이다.

미소는 습관이다. 미소는 미소를 짓게 하고, 미소를 지으면 지을수록 우린 더 행복해진다. 집을 짓는 데는 많은 돈이 필요하고 밥을 짓는 것조차 제법 수고롭지만, 미소를 짓는 일은 간단하다. 그저 입꼬리와 광대만 밀어 올리면 그만이다. 이후는 우리의 뇌가 알아서 해결해 준다.

유난히 힘든 날에는 퇴근하고 집에 들어가기 전, 문 앞에서 꼭 하는 행동이 있다. 깊게 숨을 쉰 후, 얼굴에 미소를 장착한다. 그러고는 나이든 부모님이 고기 반찬을 차려 놓고 나를 기다리는 집으로 들어간다. 묘하게도 억지로 이 루틴을 실행한 후 집에서 짜증을 부리는 일이 현저히 줄었다. 감정과 태도는 전염된다. 짜증은 짜증을 부르고, 화는 화를 돋운다.

기분이 좋고 행복할 때 우리는 미소를 짓는다. 좋아하는 사람의 얼굴을 떠올리면 입꼬리가 스스로 춤을 춘다. 사랑하는 이의 전화에 입과 얼굴의 근육이 먼저 반응한다. 까르르 웃으며 아장아장 달려오는 손주들을 마당발과 만개한 잇몸으로 맞는 노인의 얼굴에도 행복이 가득 담겨 있다. 미소는 윤활유와 같이 관계가 원활히 작용하게 하는 소통의 도구인 셈이다. "웃는 얼굴에 침 뱉지 못한다."라는 옛말은 결국 지혜이자 과학이라 할 수 있다.

눈을 보고 말해요

내가 아는 누군가는 인사할 때 상대의 눈을 보지 않는다. 나는 이것을 두 가지 이유 중 하나라고 분석한다. 눈에 이상이 있거나, 혹은 마음에 병이 있거나. "눈에서 멀어지면 마음에서도 멀어진다."라는 말은 단순히 보이고 안 보이고의 일차원적인 의미가 아니다. 눈은 마음을 담고 있다. 상대를 어떻게 바라보는가는 결코 물리적 차원의 문제가 아니다.

코로나19가 바꿔 놓은 수많은 이미지 중 단연 빼놓을 수 없는 것이 마스크다. 연예인들의 데이트 필수품이나 드라마 속 범죄자들의 전용 아이템이던 시대는 지났다. 마스크는 우리의 일상이 되었다. 마스크가 가린 얼굴은 오히려 특정 부분에 집중하게 하는 역설을 가져왔다. 바로 '눈'이다. 이토록 모든 이의 눈을 오롯이 바라본 적이 있었을까. 눈이 말하는 언어를 포착하는 데 집중한 적이 있었던가. 상대의 눈이 내뿜는 감정을 잡아내려는 노력은 단언컨대 짝사랑하는 여인의 마음을 가늠할 때와 버금간다.

들리는 말의 이면에 자리한 의미, 파장에 섞여든 미묘한 감정의 떨림은 언어의 본질이다. 수어 手語는 이를 여실히 보여 준다. 예전에는 '수화 手話'라고 했다. 몇 년 전부터 '수화 언어'라는 의미의 '수어'로 통일했다. 뉴스와 방송 화면의 한 모퉁이에 띄워 놓은 청각 장애인을 위한 수화 번역을 뜻한다. 지상파 방송국은 일정 비율 이상 수어 방송을 편성해야 할 의무가 있다. 그렇다 보니 수화하는 분들이 항시 준비를 하고 계신다. 방송국 안에서는 그분들을 '수화 선생님'이라고 칭한다.

그분들에게 평소 인사만 건네던 내가 수어를 물어보게 된 것은 보청기를 쓰기 시작한 아버지 때문이었다. 아버지는 보청기를 사용하지 않고는 대화가 어려운 지경이 되셨고, 답답해진 나는 어느 샌가 말에 손짓과 발짓을 섞기 시작했다. 그러면서 자연스레 정확한 수어가 궁금해졌다. 제일 많이 쓰는 말인 "식사 맛있게 하세요."를 어떻게 수어로 표현하는지를 물었는데, 자세한 설명 후의 마지막 덧붙임이 내 마음을 흔들었다.

"정말 맛있는 걸 먹었을 때의 눈빛을 꼭 지어야 해요."

정말 맛있는 걸 먹었을 때의 눈빛이라. 눈빛 연기를 할 수도 없는 노릇이었다. 과연 그 의미는 무엇일까? 이에 대한 내 해석은 이렇다. 앞서 나는 말을 한다는 것에 대해 이야기한 바 있다. 말은 한 사람의 영혼이다. 보이스 컨설턴트의 대가로 불린 아서 조세프는 "목소리는 정신, 육체, 영혼의 통합체다."라고 말했다. 한 사람의 소리는 그 영혼을 담고, 말은 그 위에 기술을 얹는 행위와 같다.

같은 맥락에서 양손과 얼굴, 입술을 동원한 수화 역시 기술에 불과하다. 소리에 영혼을 담듯, 영혼이 담길 도구인 '소리'를 내기 어려운 상황이라면, 그 역할을 '눈'이 대신하는 것이리라. '말'이든 '수어'든 인간

관계의 맛, 신뢰 한 스푼 진심 두 스푼

의 언어는 결국 마음을 표현하는 수단에 불과한 셈이다. 영혼을 드러내 보이는 도구일 뿐이다.

"손은 눈보다 빠르다."라는 표현이 있다. 속이려는 마음은 상대의 눈을 속이기에 충분히 빠른 기만술을 구사한다. 언어도 그렇다. 진심이 담기지 않는 눈빛은 악어의 눈물과 다를 바가 없다. 그래서 우리는 행동과 말보다 더 사려 깊게 상대의 눈을 들여다보고, 더 진정한 눈빛으로 모두를 마주해야 한다.

언젠가 지긋지긋했던 마스크가, 또 그것을 쓰던 시절이 또 다른 그리움이나 추억이 되는 날이 올 것이다. 모든 경험은 무엇이든 남기기 마련이다. 코로나19라는 기나긴 터널을 지나며 우리는 새로운 능력을 터득했는지도 모른다. 자신의 감정을 진실하게 표현하고 상대의 마음을 오롯이 해석해 내는 능력 말이다. 진정으로 눈이 마음의 창이 되는 순간이다.

기억은
다르게 적힌다

가수 이소라는 노래 〈바람이 분다〉에서 헤어진 연인을 추억하는 머리 위로 바람이 분다고 읊조리며 사랑했던 사람과의 이야기를 담담하게 풀어낸다. 흐느끼는 그녀의 목소리는 격정을 향해 치달은 후 다시 차분히 내려앉는다. 이내 고백의 말미에 다다르고 체념한 듯 이렇게 마침표를 찍는다. "추억은 다르게 적힌다." 추억은 사실이지만 엄밀히 말하면 편집된 기억이다. 각색된 시나리오인 셈이다. 누군가에게는 사실이지만 다른 이에게는 지어낸 이야기일 수 있다.

사실이 아닌 거짓된 기억을 많은 사람이 공유하는

관계의 맛, 신뢰 한 스푼 진심 두 스푼

현상을 가리켜 '만델라 효과'라 한다. 인간은 선별적으로 기억하며, 기억된 내용은 시간이 지나며 편집을 거친다. 기억의 편집은 커뮤니케이션 측면에서 보면 치명적인 노이즈에 해당한다. 거짓을 말하지 않았지만 거짓이 되는 역설이다.

인간의 기억이 얼마나 주관적이고 자의적인지를 극명히 그려낸 영화가 있다. 홍상수 감독의 〈오! 수정〉이다. 고궁에서 잃어버린 장갑을 찾는 과정에서 수정과 재훈은 서로가 기억력이 좋다고 자랑한다. 막상 서로가 공유했던 사건에 대한 기억은 제각각이다. 키스하던 중 테이블에서 떨어진 것을 재훈은 포크라 하고, 수정은 스푼이라 주장한다.

이 영화는 일상의 고루하고 지질한 모습을 롱테이크 기법으로 잘 보여 준다. 이야기란 이렇게까지 보여 줘야 하는 거라는 생각이 들 정도로 사소한 일련의 과정을 그리는 데 상당한 시간을 할애한다. 이를 통해 인간의 뇌가, 인간의 기억법이 스토리텔링과 뗄 수 없는 관계임을 보여 준다. 또한 그 기억이라는 것이 각자의 번역기를 통해 각색됨을 일깨운다.

단지 영화 속 이야기가 아니다. 우리는 많은 경우

타인을 다르게 받아들이고 기억하고 판단한다. 어쩌면 갈등의 시작은 기표와 기의 간의 오역에 있는지 모른다. 그 판단이 내 삶에 영향을 미친다고 생각하면 얼마나 두려운 일인가? 더 최악의 상황은 사실과 거짓의 논쟁으로 비화하는 것이다.

　이야기를 뜻하는 단어 'Story'는 흔히 역사라고 해석되는 영어 'History'에서 비롯했다. 이는 다시 라틴어 'Historia'와 그리스어 'Histor'에서 유래한다는 학설이 지배적이다. 이들이 가리키는 공통 의미는 기록이다. 결국 인간의 기억이란 개인의 직간접적 경험에서 오는 앎에서 비롯하며, 이를 공유하는 동시대 문화 집단에서는 기록이라는 의미가 있다. 이야기는 우리가 공유한 문화이며 기억이자 기록인 셈이다.

　앎은 우리의 기억 속에서 선택과 탈락을 반복한다. 켜켜이 쌓이는 기억의 파일에 무엇을 남기고 어떤 것을 폐기할지는 우리가 삶을 대하는 태도에 따라 달라진다. 이러한 지점은 통장 잔고와 비슷하다는 생각이 불현듯 든다. 먼저 저축하고 남은 것을 소비하지 않으면 '텅장'이 돼 버리듯, 좋은 기억을 추억으로 환원하는 노력을 게을리하면 우린 정신적 빈곤에 허덕일

것이 자명하다. 중요한 것은 추억을 객관적으로 바라
보고 담백하게 기록하는 태도다. 추억, 아니 기억은 다
르게 적힌다.

인연 因緣

어느 식물도감에서 선인장 가시에 대한 이야기를 본 후, 갑자기 팔다리가 가늘어지고 몸통이 비대해진 사람의 형상이 머릿속에 그려졌다. 서부 영화에 등장하는 황량한 사막의 한 그루 선인장을 보며, '그들이 모래알만큼 셀 수 없는 시간의 간극을 넘어 누군가를 기다리는 것이 아닌가' 하는 제법 시적인 상상도 해 봤다.

긴 시간, 비도 내리지 않는 뙤약볕을 견뎌 내기 위해 선인장은 줄기 한가득 물을 담아야 했으리라. 또한 이파리를 통해 증발하는 수분을 지켜 내야만 했을 것이다. 애초에 그들은 길게 뻗은 몸통에 풍성한 잎을 단

활엽수였을지도 모른다.

그런 그들이 영원과 같은 시간 속에 살아남기 위해 현재의 모습으로 변했음이 분명하다. 이파리는 작아지고 작아지다 못해 가시가 되었으며, 줄기는 한 방울의 물이라도 더 담아 두기 위해 풍선처럼 부풀었음이 확실하다.

그들이 몸에 담은 것은 누군가에 대한 기억일지도 모른다. 그렇게 줄기 가득 물 대신 사랑하는 이의 기억을 품고 몇 겁劫의 시간을 넘어 그를 기다린 것은 아닌지. 그래서일까. 모양도 크기도 제각각인 선인장 중에 제법 많은 종의 꽃말이 '열정'과 '인내'라 한다.

겁劫, '어떤 시간의 단위로도 계산할 수 없는 무한히 긴 시간'을 의미하는 불교 용어다. 하늘과 땅이 한번 개벽해서 다음 개벽할 때까지의 시간이라 하니 얼마나 긴 시간일지 상상조차 할 수 없다. 이런 시간 속에서 끝없는 윤회의 시간을 거쳐 달라진 우리가 서로를 알아 보고, 인연을 맺고, 사랑하는 것은 얼마나 아름다운 일인가.

지금 누군가를 기다리고 있는가? 만일 그렇다면, 중요한 건 기억이다. 서로가 사랑했던 기억. 서로가 함께 했던 시간과 공간, 그리고 그곳에 남겨진 서로의 체온과 냄새의 기억. 지금 이 순간에도, 우리는 누군가와의 그 어떤 기억과 함께 산다.

제주
태경장에서

장갑 없인 주머니 밖에 손을 내놓기가 두려울 만큼 살을 에는 추위가 위세를 떨치던 어느 날이었다. 나는 호기롭게 기타를 등에 메고 청주 고속버스터미널에 내렸다. 해는 이미 졌고, 입대 시험은 내일 이른 아침이었다. 근처 숙박시설을 찾아 들었다. '태경장'이라는 간판이 붙은 허름한 모텔이었다. 잠이 올 리 없어 기타를 품에 안았다. 소리 내 연습할 수 없으니 기타 스트로크를 달래듯 노래를 했다. 군 입대 시험에 김광석의 〈기다려줘〉라니. 모텔에서 누가 들을까 읊조리던 그 노래. 꽁꽁 언 손으로 칼날 같던 기타 줄을 튕겨 화음을 입혔다. 다음날, 공군 군악대에 합격했다.

무려 20여 년의 시간이 흐른 후, 우연히 그때와 같은 이름의 모텔을 만났다. 뜻밖의 제주 여행지에서다. 홀로 떠난 2월 휴가. 맘에 뒀지만 관계를 발전시키지 못했던 B를 만나 딱 알맞은 만큼의 취기를 빌려 그간 쌓아 뒀던 앙금을 흘려보냈다. 잡아 둔 숙소는 공항 반대편의 서귀포에 있었고, 겨울비가 세차게 내렸다. 혹여 미련이 남아 보일까 봐 숙소가 근처라고 둘러대고 헤어졌다.

비를 피해 급하게 찾았지만 괜찮은 호텔들에는 이미 한 몸 뉠 곳이 없었다. 2월의 겨울비는 아무리 제주라 해도 참을 수 없는 한기를 가져왔다. 그때였다. 조명도 없는 간판에 떡 하니 자리한 '태경장'이라는 글자. 꿈인 듯 찾아 들어간 숙소에서 잠이 들 수 없었다. 기타도 없고 당장 내일 아침 벼르던 도전도 없는데 말이다. 본능적으로 다시 김광석의 〈기다려줘〉를 들었다.

"…어디서 찾을 수 있을까? 그대 마음에 다다르는 길. 찾을 수 있을까? 언제나 멀리 있는 그대…"

관계의 맛, 신뢰 한 스푼 진심 두 스푼

노래 가사가 소환한 옛 생각에 남은 잠마저 달아났다. 다음 날에 인생의 큰 변수가 될 중차대한 일도 없었고, 더 이상 낯선 잠자리가 무섭지도 않은 나이가 되었는데 왜였을까. 심지어 난 휴가 중이었다.

겨울비 내리는 밤, 차분히 '태경'의 의미를 찾아봤다. 제주 방언으로 원래는 '퇴김'에서 유래했음을 알았다. 연싸움에서 상대방 연을 억누르기 위해 통줄을 조금 급하게 풀어 연의 머리가 아래쪽으로 돌아나가게 하는 기술이다. 기세 좋게 얼레를 내밀어 계속 풀려나간 줄을 '통줄'이라 한다. 결국 퇴김은 일종의 승부수인 셈이다.

그 먼 옛날을 돌아보니 나는 통줄과 같았다. 꿈이 많았고, 그 꿈을 향해 기세 좋게 하루하루 정진하던 날들이었다. 어찌 보면 인생 처음으로 던진 승부수인 퇴김이 다름 아닌 음악이었다.

새옹지마塞翁之馬라 했던가. 복병은 막상 시험에 합격해 공군 군악대에 입대한 후에 찾아왔다. 2월 청주 훈련소에서의 생활은 20대의 혈기로도 감당하기 힘들었지만 오히려 행복했다. 며칠만 더 참아 내면 꿈에 그리던 제복을 입고 기타를 메고 노래를 하게 될 것이었다. 그러나 난 마지막 고비를 넘지 못했다. 건강검진에서 예상하지 못한 결격 사유가 나왔고, 2만 원 남짓의 교통비를 받아든 채 쫓겨나듯 쓸쓸히 훈련소 철문을 돌아 나와야 했다.

이후 좌절과 방황의 시간을 보냈다. 불행의 늪에 빠져 주변을 둘러보니 모든 것이 남의 탓만 같았다. 모계 유전이던 적녹색약을 물려준 어머니를 원망했다. 군악대 시험을 처음 권했던 대학 선배를 욕했다. 스티비 원더는 눈이 보이지 않는데도 세계인의 사랑을 받는 가수가 되지 않았느냐며 훈련 장교에게 소리쳤었다. 다시 지원하고, 또 다른 훈련소에 가야 한다는 군 행정을 비판했다. 그 사건의 여파는 나의 20대 전반까지 미쳤고 하는 일마다 발목이 잡히는 듯했다.

그러다 아나운서가 된 후에 알게 되었다. 모든 것은 내 마음에서 비롯됐음을 말이다. 걸음마가 서툰 아이처럼 그저 작은 돌부리에 걸려 잠시 넘어졌을 뿐인데, 그땐 왜 내 삶이 주저앉고 희망의 파랑새가 영영 달아나 버린 것만 같았을까. 지금 아는 것들을 그때 알았더라면 어땠을까. 인생은 꼬인 실타래처럼 내 마음같이 술술 풀려나가지 않는다는 것을.

연을 하늘 높이 띄우기 위해서는 먼저 바람을 기다려야 한다. 그리고 비로소 원하는 바람이 왔을 때 연을 풀어 놓고 추진력을 위해 달려야 한다. 얼레의 실타래를 조금씩 달래며 풀어 연이 높이 치솟은 후에야 비로소 통줄을 줄 수 있고, 이윽고 승부수인 퇴김을 날릴수 있다.

김광석의 노래는 그대를 이해할 수 있을 때까지 기다려 달라는 가사로 끝을 맺는다. 박노해 시인은 "삶은 어디서나 저마다 최선을 다해 피어나는 꽃"이라 했다. 긴 겨울의 종말을 온몸으로 애타며 기다린 꽃들도 저마다 피는 시간이 다르듯, 사람마다 피는 때가 다르다. 영국의 시인 W. H 오든은 "상처를 주는 경험은 존재의 방향을 찾게 해 준다."라고 말했다. 우리 삶의 좌절과 고통은 인내심을 가지고 기꺼이 맞이해야 할 기회이지, 단순히 우연히 찾아온 불행이 아니다.

개화開化는 그저 기다린다고 오지 않는다. 스스로가 무엇을 원하는지, 그것을 위해 무엇을 하며 그 기다림의 시간을 채울 것인지 명확하게 마음속에 그려 내고 실천해야 한다. 기다림보다 더 우선해야 할 지난한 과정은 당신의 마음에 이르는 길이다. 언제나 마음에 이르는 길은 험난하다.

관계의 맛, 신뢰 한 스푼 진심 두 스푼

철새와 텃새의 약속

"새로운 무리에 들기 위해선 혹독한 신고식을 치러야 합니다."

세렝게티의 야생 생태계를 전하는 내레이션이 사뭇 비장하다. 긴 한가위의 여유를 즐길 요량으로 본 한 편의 다큐멘터리는 원치 않게 회사 생활을 떠올리게 했다. 무려 10여 년 만에 신입 아나운서 2명이 입사하고 맞는 첫 명절이었다. 보통 십수 년을 함께 일한 구성원들 간에는 서로의 적당한 거리와 관계가 정립되어 있다. 여느 집단에서든 새 인물이 들어오면 기존 구조에 균

열이 생기고 자연스럽게 조정이 불가피해진다. 더구나 나이 차가 많이 나는 신입들을 맞으면 그에 따른 혼란은 적지 않다.

다큐멘터리에선 무리에서 홀로 떨어져 나와 헤매던 젊은 표범의 친구 찾기 고군분투가 그려졌다. 떠돌이 생활을 청산하고 새로운 무리의 우두머리에 도전장을 던진 하마는 더 처절하게 가족을 찾았다. 목숨을 건 결투에서 승리해야만 방랑자의 삶을 마칠 수 있었다. 흔히 말하는 '텃새'들이 부리는 텃세 때문이다. 텃새는 계절에 따라 지역이나 나라를 이동하지 않고 일생을 머무르는 새를 말한다. 사회에서는 조직의 기존 구성원들이 텃새인 셈이다.

주의를 기울여 보면 텃새와 철새가 공존할 단서가 엿보인다. 기존 구성원들은 그들이 함께한 시간과 공간, 그리고 그 안에 형성된 문화를 통해 공유된 일종의 약속이 있다. 이는 마치 언어와 같으며, 기표와 기의로 이루어진 기호학과도 같다. '장미'를 '장미'로 부르기로 한 약속 말이다.

어느 날 '장미'를 '로즈'라 부르는 새로운 구성원이 합류했다고 가정해 보자. 장미와 로즈는 같은 의미의 단어다. 우리가 장미라 부르고 그들은 로즈라 부르지만, 결국은 서로 같은 대상을 가리키는 것이다. 조화의 힌트는 여기에 있다. 앞선 이는 자신의 언어를 강요하지 않으며, 따르는 이는 그 언어를 존중해 주는 것이다. 그렇게 서로간의 새로운 약속을 구성해 가는 것, 여기에 필요한 것은 시간과 상호 간의 존중이다.

후생가외後生可畏라는 말이 있다. 젊은이는 그 가능성만으로도 경외심을 가질 만하다는 의미다. 여기에 더해 난 노자지지老子之智라 덧붙인다. 반대로 젊은이는 나이 든 윗세대의 지혜를 존경해야 한다는 뜻이다. 세대 간의 갈등은 하루아침에 간단히 해결될 문제는 아니다. 그럼에도 우리가 노력해야 할 이유는 분명하다. 조화 없이는 단절과 방황의 무의미한 공전만이 반복될 뿐이다.

극심한 온난화로 많은 철새들이 텃새의 삶을 선택한다는 기사를 봤다. 그들이 어떻게 공존하는지 주의 깊게 관찰해 봐야겠다. 또 다른 교훈을 얻을지 누가 아는가.

'그냥 그만둘까?'

오랜 직장 생활을 한 사람이라면 하루에도 몇 번이고 되뇌는 혼잣말이다. 조직의 비정함과 고인 관계의 비린내가 차오를 때면 그 욕망은 극에 달한다. 오죽하면 안주머니에 사직서를 상시 품고 다닌다는 말까지 할까. 시루에서 웃자란 콩나물을 솎아 내듯 조직에서 내쳐지기 전에 쿨하게 던지고 싶은 마음은 직장인이면 공감할 것이다.

한 번 해 보겠다는 단순한 생각으로 바리스타 학

원에 등록했다. 주말 아침부터 6시간 내리 수업과 실습을 하는 나름 고된 과정이었다. 일과 상관없는 취미 겸 자격증을 위해 시간과 돈을 쓴 게 얼마만이던가. 이미 그 자체로 신선했다. 새로운 세계였다. 그간 출근 도장 찍듯 하루 한 잔 꼬박 챙겨 마시면서도 몰랐던 부분이 많았다. 커피에 인생의 철학까지 함께 녹아들었을 줄이야. 매주 커피에 대한 유레카를 외치던 마흔을 넘긴 병아리의 눈에 특히 관심 가는 과정이 있었다. 바로 '퍼징 Purging'이다.

커피머신을 통해 분쇄된 원두에서 커피를 뽑아내는 과정을 추출이라 한다. 이 과정을 일관성 있고 안정적으로 진행하기 위해 만들어진 기계가 그라인더다. 쉽게 말해 균일한 커피 입자를 만들기 위한 도구다. 커피의 입자는 커피 맛에 결정적 영향을 미친다. 입자가 너무 커서 커피 추출 시간이 짧아지면 커피는 신맛이 강해진다. 반대로 입자가 너무 작아 추출 시간이 길어지고 이에 따라 과다 추출되면 쓴맛이 배가 된다.

최상의 커피 맛을 위해 입자 크기를 조절할 때 제일 먼저 할 일은 무엇일까? 일정한 분쇄도 조절, 즉 일정한 입자를 위해 그라인더에 남아 있던 커피 가루를 완전히 제거하는 과정이다. 이를 퍼징이라고 한다. 이에 그치지 않고 커피 추출 전 커피머신 헤드 부위에 남아 있는 원두 찌꺼기를 청소하는 것도 퍼징이다. 심지어 자격증 시험에서 이 과정을 까먹고 넘기면 감점이다. 커피란 녀석은 그만큼 예민해 생각지 못한 이유와 미세한 과정 하나로 맛이 크게 달라진다.

얼마 전 SNS상에서 나도 퍼징의 철퇴를 맞았다. 가끔 교감이 없는 사람들을 끊어 내겠다고 친절히 공지하는 주인장들이 있는데, 나도 그 안에 포함된 것이다. 그들이 말하는 기준은 교류와 교감의 지속 여부다. 사실 기분이 좋을 리 없었다. 하지만 왜 나를 당신의 리스트에서 제거했냐고 묻지 않았다.

감정이 가라앉을 때쯤 어렴풋이 이유를 짐작할 수 있었다. 커피 가루가 담긴 버킷에 압력이 차올라 액상으로 추출되듯, 나를 배려해 자연스레 흘려보내 준 것이 아닐까 하는 생각이 든 것이다. 그렇게 생각하고 나니 묘하게도 그에 대한 내 생각도 정리가 되어 갔고, 오히려 홀가분함마저 느꼈다.

오래 연락이 오가지 않았던 번호를 휴대전화에서 비워 내듯, 누군가를 내 삶과 기억에서 흘려보내야 할 때가 있다. 무언가를 온전히 채우기 위해서는 완전히 비워야 함을 우린 알고 있다. 관계는 일정 시간을 거쳐 쇠퇴의 길을 걸으면 자연스레 정리되기도 한다. 시절인연時節因緣도 한때인 셈이다.

그 시간 그곳, 삶의 과정에 잠시 머무는 누군가가 있다. 반면 나의 시간 한편에서 비슷한 속도로 보조를 맞추며 오랜 시간 곁에 남는 사람도 있다. 삶이 속도보다는 방향이듯, 관계는 폭보다는 깊이라는 것을 새삼 깨닫는다. 오래 묵어 적당히 구수하지만 여전히 신선한 산미를 품은 관계를 유지할지, 방치된 채 시간이 흘러 씁쓸한 뒷맛을 남기는 만남을 지속할지는 삶에서 제법 중요한 선택이다. 우리 인생의 잔에 담긴 관계의 맛은 과연 어떠한지. 오늘따라 진한 커피향이 오랜 친구를 떠올리게 한다.

백
白

레오나르도 다빈치의 〈모나리자〉를 본 후, 그림 속 인물의 표정은 과연 어떤 감정을 담고 있는 것인지에 관한 궁금증이 더욱 커졌다. 많은 이들은 눈썹이 없는 이유에 관심을 두지만, 난 그 인물의 속내가 알고 싶었다. 신기하게도 어떤 날은 웃는 듯 하고, 어떤 날은 우울하게도 보였기 때문이다. 이런 궁금증은 나만 느끼는 것이 아니었다.

정밀 시력 검사를 해 본 이들은 알겠지만, 사람은 오른손잡이와 왼손잡이처럼 우세안과 비우세안이 있다. 주로 많이 사용하는 눈이 있다는 뜻이다. 수많은 시

관계의 맛, 신뢰 한 스푼 진심 두 스푼

신경을 통해 뇌의 정보 처리에 막대한 영향을 미치는 눈은 그 기능도 차이가 있다고 한다. 통상 주로 쓰는 눈으로 정보를 판단하고 다른 눈은 잠재의식에 영향을 준다고 알려져 있는데, 모나리자의 표정을 감지하는 데도 눈의 기능 차이가 작용한다는 해석이 있다.

모나리자의 표정은 기본적으로 무표정에 가깝지만, 감상자들은 기분에 따라 해석한다는 의미다. 여행의 흥분과 신혼의 단꿈을 꾸는 관람객 눈에는 행복하게 미소 짓는 모습으로 보였을 것이다. 지갑이나 소지품을 도둑맞은 사람이나 연인과 다툰 커플의 눈에는 살짝 찡그린 얼굴로 보였으리라. 표정을 통해 레오나르도 다빈치가 의도한 감정을 알 수는 없다. 하지만 그녀를 바라보는 관람객들은 저마다 다른 표정으로 기억한다. 경험과 감정이 심리에 영향을 미치고, 결국 대상을 바라보는 관점과 태도로 이어지기 때문이다.

이를 더 구체화해 보여 주는 한 가지 실험이 있다. 구소련의 영화감독인 레프 쿨레쇼프는 남자 연기자의 무표정한 얼굴을 극단적으로 클로즈업해 찍었다. 몇 가지 다른 대상들도 촬영했다. 차례로 '따뜻한 수프가 담긴 접시', '관 속에 누운 아이', 그리고 '소파에 비스듬히 기댄 여인'이었다. 이 대상에 이어 클로즈업한 남자 배우의 무표정한 얼굴을 이어 붙였다. 그리고는 배우가 연기한 감정이 무엇이라고 생각하는지 묻자, 각 영상에 관객들은 이렇게 답했다. 허기짐, 슬픔, 사랑.

보통 방송에 들어가기 전 카메라 감독들은 이렇게 말한다. "화이트 좀 볼게요!" 촬영할 출연자 앞에 순백의 종이를 대고 카메라의 색 균형을 맞추는 과정이다. 간섭 없이 온전한 피사체의 색감을 잡아내기 위해서다.

우리의 생각도 그럴 수만 있다면 얼마나 좋을까. 누군가를 대하기에 앞서 이전의 기억이나 감정들을 말끔하게 정리해 두는 것이다. 온전히 그에게 그리고 그의 이야기에만 집중할 수 있도록 말이다. 상대를 둘러싼 환경이나 대화 전 가지고 있던 감정의 간섭 없이 온전히 상대를 받아들일 수 있지 않을까.

타인을 마주할 때 마음의 화이트 밸런스를 맞출 수만 있다면, 빈 도화지 같이 순백의 시작을 함께할 수 있다면 좋겠다. 편견과 선입견을 버리고 있는 그대로 바라보는 자세. 관계를 시작하는 기본 태도로 이보다 더 좋은 게 있을까.

관계의 맛, 신뢰 한 스푼 진심 두 스푼

프랑스 영화 〈세 가지 색: 화이트〉에는 서로 엇갈린 남녀가 등장한다. 그들은 대등한 관계로 사랑을 시작했지만, 욕망과 사회적 지위 그리고 사랑의 주도권을 두고 갈등한다. 영화는 비록 불행한 상황에 처할지언정 서로가 평등한 관계에 놓였을 때 비로소 행복할 수 있음을 말하고 있다.

시작의 순수함을 이어 가는 것, 그를 바탕으로 한 지속 가능한 평등함을 유지하는 것, 그것이 관계를 건강하게 하는 비결이다. 할 수만 있다면 카메라의 색 균형을 맞추듯 주기적으로 화이트 밸런스를 맞춰 놓고 싶다. 진실한 관계를 위하여.

나

코로나인 거 같아

우리는 코로나19를 거치며 모두 비슷한 감정을 경험했다. 바로 '병에 대한 불안'이다. 코로나19의 자가 진단은 거의 신드롬에 가까웠다. 경미한 감기 증상에도 사람들은 "나도 코로나 걸린 거 아니야?" 또는 "나 코로나인 거 같아!" 하고 덜컥 겁을 집어먹기 일쑤였다. 지역마다 설치된 선별진료소는 코로나 검사를 해 달라는 '자칭 유증상자'들로 북새통이었다.

아이러니하게도 이 심리적 현상은 의대생에게서 처음 관찰됐다. 의대생들은 어떤 신체적 증상이 생기면 본인이 수업 시간에 배웠던 병에 걸린 것이 아닌가

하는 걱정부터 덜컥 든다고 한다. 믿기 힘들지만 폐질
환과 관련한 수업을 하고 나면 스스로 폐에 이상을 느
낀다고 한다.

일반인에게 나타나는 의대생 증후군의 문제는 생
각보다 심각한 상황으로 전개된다. 스스로가 어떤 병
에 걸렸다는 생각의 굴레를 쓰고 나면, 그 병과 연관된
증상이 나타나는 것을 넘어 심리적으로 위축되어 일상
이 힘들어진다. 실제로 코로나 확산의 상황에서 스트
레스와 우울을 호소하는 사람들이 코로나 환자 수보다
수백 배 많았다.

코로나가 전국을 휩쓸던 그 무렵, 우리 가족에겐
예상치 못한 우환이 닥쳤다. 당시 사회적 거리 두기로
집에만 있어야 하는 부모님의 답답함은 한계에 달했
다. 아버지는 자전거를 타고 평소보다 멀리 다녀오시
는 것으로 다소 숨통을 틔우셨지만, 어머니는 하실 것
이 마땅히 없으셨던 모양이다. 봄을 맞아 저마다 한껏
아름다움을 뽐내며 꽃을 피운 옥상의 화분이 화근이었
다. 곁에 두고 보시겠다고 화분을 직접 들고 내려오시
던 어머니는 발을 헛디뎌 계단을 굴렀고, 허리를 크게
다쳐서 거동조차 못하는 상황이 됐다.

심리적 두려움 앞에 물리적 통증은 오히려 사치였다. 어머니는 아침마다 흐느껴 우셨다. 두 번의 수술을 거치고 음식 맛을 못 느낄 만큼 독한 약으로 버티는 한 달 사이, 어머니의 심리는 급격히 무너져 내렸다. 설상가상으로 습한 장마철에 유행하던 장염까지 겹쳐 어머니는 물조차 삼키지 못하셨다.

나 역시 이 사건이 있기 2년 전 디스크 질환으로 심한 고통을 경험한 바 있다. 또한 아버지는 어느 해 초여름 소라를 드시고 중독 증상으로 응급실에 실려 가신 경험이 있었다. 묘하게도 어머니의 사고 이후, 운동으로 관리해 오던 내 허리 통증이 재발했고 아버지는 덩달아 식사를 제대로 하지 못하셨다. 같은 공간에서 매일 마주하는 어머니의 허리 통증과 비자발적 절식_絶_食에 동화된 것이다.

인간은 타인의 표정만으로 기쁨과 슬픔 등의 감정을 느낄 수 있고, 정신과 육체의 아픔에 공감할 수 있다. 환하게 미소 짓는 사람을 보면 자연스럽게 미소가 지어지고, 화내고 인상 쓰는 사람을 보면 나 역시 그 감정에 동요된다. 칼에 손을 베인 사람이 고통스러워하면 내 손에 비슷한 통증이 오는 듯 얼굴이 일그러진다.

영화 속 공포에 질린 여자 주인공의 비명에 소름이 돋고, 맹수의 울부짖음에 공포를 느낀다. 상갓집에 가득한 울음소리를 듣고, 상주의 울다 지친 때꾼한 눈에 담긴 사랑하는 이를 먼저 떠나보낸 회한이 내 가슴마저 저리게 한다.

　신경 생리학자인 지아코모 리촐라티의 연구팀은 짧은 꼬리 원숭이가 사람이 손을 쥐고 펴는 동작만 보고도 스스로 먹을 것을 쥐었을 때와 같은 신경 자극을 받는 것을 발견했다. 이를 '거울 신경세포'라 명명했는데, 학자들 일부는 존재 자체에 회의적이었다. 그러나 존재 유무는 큰 의미가 없다. 이심전심以心傳心, 역지사지易地思之 같은 인간 삶의 교훈으로, 이미 우리는 타인의 기쁨과 슬픔, 아픔에 공감하는 것이 순리라는 것을 알고 있기 때문이다. 때론 그 공감의 대상은 자기 자신이 되기도 한다.

　누군가를 진정으로 생각하고 사랑하게 되면 그의 기쁨과 슬픔뿐 아니라 심지어 고통마저도 공유하게 된다. 임신한 부인의 입덧을 함께하거나 대신하는 남편의 존재는 과학이나 의학으로 접근해선 증명하기 힘들다. 사랑은 공감을 만들고, 공감은 이해를 낳는다. 다른 사람의 아픔을 이해할 줄 아는 사람은 타인의 고통을 위로할 수 있다. 이렇게 힘들 때일수록 서로 조금만 더 공감하고 이해하는 시간이 필요하지 않을까 싶다.

관계의 맛, 신뢰 한 스푼 진심 두 스푼

1 퍼센트의
믿음

거짓말처럼 건국 이후 가장 근소한 0.7퍼센트의 차이
로 대통령 당선과 낙선이 갈렸다. 단 1퍼센트의 믿음이
한 나라의 대통령이 되고 안 되고를 결정하기도 하니,
그 무게는 결코 가볍지 않다. 이렇듯 내가 믿음의 무게
에 대해 다시 생각하게 된 사건이 있었다.

2023년 4월, '기쁜 소식 국제 교회'라는 사이비 단
체의 매켄지 목사가 법정에 섰다. 법정 밖은 목사의 석
방을 기원하는 신도들의 춤과 노래로 들썩였다. 어떤
이는 처절하게 오열하며 기도를 하기도 했다. 매켄지
목사의 죄목은 100여 명을 납치, 학대 그리고 살해한

5장 다시, 봄

혐의였다. 사망자의 절반 가까이는 어린아이들이었다.

부검을 통해 나온 사망 원인은 대부분이 굶주림이었다. "굶어 죽어야 예수를 만날 수 있습니다." 수많은 희생자들은 목사의 이 말에 현혹되어 스스로 아사餓死를 선택했다. 심지어 실종자 다수가 숲에 숨어 죽음을 기다리고, 구조되어서도 예수를 만나겠다며 식음을 전폐했다. 신의 약속을 가장한 범죄였다. 케냐 정부는 이 사건을 대량 학살로 규정했다.

믿음이란 무엇일까? '믿음'은 개인의 이미지에 있어서는 인지적 측면이 강하다. 사전적 정의는 "어떤 사실이나 사람을 믿는 마음"이다. 영단어 'Trust'의 어원은 독일어 'Trost'다. 편안함을 의미한다. 누군가를 믿게 되면 정신과 마음이 편안해지기 때문일까. 이는 상대에게 느끼는 공신력의 원천이다. 공신력이라는 용어는 고대 그리스의 수사학자인 아리스토텔레스가 말한 설득의 세 가지 요소 중 에토스Ethos에서 시작되었다. 에토스는 말하는 사람의 자질을 표현하는 언어다.

사람들은 '무엇'을 이야기하는가에 앞서 '누가' 이야기하는가에 더 관심을 둔다. 아무리 객관적 자료와 논리로 무장했더라도 요즘 말로 '듣보(듣도 보도 못한)'

라는 한 단어로 모든 게 의미 없어지는 순간이 있다. 말하는 이의 자질을 직접 판단할 수 없기에 그들의 명성을 공신력과 동일시하는 것이다.

국회의원이나 대학 교수와 같은 권위를 가지고 있거나 유명 연예인이나 스포츠 스타처럼 인기를 누리는 사람의 말은 더 잘 통한다. 누구나 살면서 느꼈을 흔한 감정과 교훈이라도, 이들이 대중 앞에 툭 던져 놓는 순간 명언이 되는 마술을 우린 자주 접한다. 방송국 패널이나 전문가 집단은 항상 전직 의원이거나 교수 혹은 변호사들이다. 아니면 뭘 하는 회사든 상관없이 '대표'라는 타이틀을 달기 위해 애쓴다. 권위와 인기는 사람들에게 권력으로 받아들여지기 때문이다.

비단 권력자들만의 문제일까. 현대인들은 자신의 권리를 주장하지만, 타인의 그것은 지켜 주지 않는다. 신뢰보다는 겉으로 보이는 체면과 명예를 중요시함도 여기서 기인한다. 한낱 체면과 한 줌의 권위를 앞에 내세우는 이유는 다수를 이해시키고 존경받을 능력과 덕이 부족해서가 아닐까.

인간은 믿고 싶어 한다. 믿을 수 있어야 스스로가 편하기 때문이다. 권위에는 동경이, 인기에는 애정이

내포되어 있다. 동경과 애정의 한자를 다시 보자. 모든 글자에 공통으로 '마음 심心'자가 들어있다. 그래서 신뢰는 이미지의 인지적 측면이면서 동시에 마음에서 비롯한 감정의 문제다. 신뢰의 어원이 편안함이라 하지 않았는가. 믿고 싶은 인간의 본능이 투영된 '마음'은 권위를 가진 사람이나 인기인의 말에 절대적 영향을 받는다.

그러나 권위와 인기 역시 신뢰와 동일어가 될 수는 없다. 일일이 나열하지 않아도 실망을 안긴 권력자와 인기인은 차고 넘친다. 앞선 케냐의 살인마 목사처럼 믿음을 도구로 자신의 욕망을 실현하는 기만적 인간들이 셀 수 없이 많다. 그 마음을 제대로 들여다보고 판단할 수 있는 능력, 우리에게는 관심법觀心法이라도 필요한 것일까.

나란히 놓인 3개의 그릇에 얼음물, 미지근한 물, 뜨거운 물이 차례로 담겨 있다고 하자. 얼음물에는 왼손을, 뜨거운 물에는 오른손을 동시에 담근다. 바로 이어서 미지근한 물에 양손을 함께 담그면 어떻게 될까? 왼손은 따스함을, 오른손은 시원함을 느낄 것이다. 온도 차이가 없는 한 양동이의 물인데 말이다.

믿음도 마찬가지다. 믿음을 지식이나 증거의 범주로 해석할 수 없다는 것을 우리는 경험으로 알고 있다. 이는 오롯이 우리의 마음을 통한 앎이다. 어쩌면 그것은 대상에서 기인하는 것이 아닌 나 자신에서 비롯하는지도 모른다. 관심법을 터득하지 않아도 누군가를 혹은 무엇인가를 믿을지 말지를 판단할 수 있는 이유일 것이다. 여기에는 진실한 믿음을 발견할 꾸준한 노력이 필요하다. 세계적 대문호 어니스트 헤밍웨이조차 진실한 한 문장을 찾기 위해 평생 자신을 채찍질했다. 단 1퍼센트의 믿음을 구하는 일은 결코 쉽지 않다.

거울 속 자신과의 대화

공자는 "혼자 있는 시간에 자신의 모습을 냉정하게 살펴라."라고 했다. 세상이라는 무대에서 날 지켜보는 수많은 관객들로부터 자유로운 시간, 자아가 보이는 모습을 가만히 들여다보라는 뜻일 것이다. 이는 마음과 외모, 그리고 행동까지 모두 포함한다.

"왜 사는가?", "후회 없는 삶이란 무엇인가?", "남은 삶을 어떻게 살아야 할까?" 쉼 없이 반복되는 일상에서 우린 불현듯 이런 질문들을 떠올린다. 레프 톨스토이 역시 단편《사람은 무엇으로 사는가》를 통해 그 근본적 물음에 대한 자신의 답을 정리했다. 질문은 자

관계의 맛, 신뢰 한 스푼 진심 두 스푼

신에게든 타인에게든 목표를 분명히 하는 데 그 의미가 있다.

사회심리학자 할 어스너 교수는 대학생 250명을 대상으로 실험을 했다. 거울이 설치된 실험실에 입장시킨 후, 한 집단에 거울 속 현재 자신의 모습을 보게 했다. 다른 한 집단은 가상 현실 카메라를 통해 주름진 얼굴의 노인이 된 그들을 보여 주었다. 3분 후 모두에게 물었다. "은퇴 후를 위해 앞으로 저축을 하시겠어요?" 노인이 된 자신의 모습을 본 집단에서 저축을 하겠다는 취지의 응답이 현실의 자신을 본 집단에 비해 2배나 높았다.

거울을 보며 우리는 얼굴에 뭐가 묻었는지 혹은 정갈하지 못한 구석은 없는지를 살핀다. 사진을 보면서는 멋지고 예쁘게 나왔는지 혹은 각도나 비율 등의 물리적 표상을 기준에 둔다. 자신의 표정을 살펴 심리 상태를 가늠하는 이는 몇이나 될까? 거울 속의 내가 진실한 자아인지, 사진 속 자신이 어떤 표정을 짓고 있는지를 객관적으로 판단하는 일은 행복한 인생을 위해 제법 중요한 습관이다.

얼굴은 관계에서 자신을 가장 먼저 드러내는 명함

과 같다. 지저분해진 얼굴은 닦고 지우면 그만이다. 반면 생각과 마음이 오랜 시간 빚어낸 얼굴의 인상은 애써 흉내 낸다고 순간 바꿀 수는 없다. 휴대전화 앱의 힘을 빌려 젊게도 예쁘게도 만들 수 있는 세상이지만 어디까지나 사이버 세상 속 거짓된 이미지일 뿐이다. 현실의 자신을 잠시 속이는 것에 지나지 않는다.

어디 외모와 생각만 그럴까. 살면서 벌어지는 대부분의 문제는 자신에서 기인한다. 자신과의 관계를 명확히 정립하지 못하면 타인의 말과 태도에 자아는 쉽게 흔들린다. 남과 대화하듯 거울 속의 자신을 찬찬히 들여다보고 말을 걸어야 한다. 오늘 하루 무엇 때문에 힘들었고 무엇으로 행복했는지.

중요한 것은 자신에게 끊임없이 질문을 던지는 일이다. 삶은 매 순간의 크고 작은 수많은 판단으로 이루어진다. 무엇을 해야 하는지 정답을 알려 주는《백설공주》속 진실의 거울은 없을지라도, 적어도 자신이 원하는 바가 무엇인지 그리고 오늘 하루 그 일을 위해 무엇을 했는지, 하지 못했다면 내일 우리가 놓치지 말아야 할 것은 무엇인지 알려 줄 것이다. 누가? 거울 속 자신이.

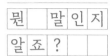

"양말 치킨 한 마리 주세요!"

대학 연합 합창단을 하던 시절, 그곳에서 만난 알토 B 양은 특유의 실언으로 좌중을 들었다 놨다 했다. 사람 이름을 잘못 부르는 것은 일상이고, 치킨 양념을 양말에 버무려 달라는 천연덕스러운 농담 아닌 진담도 태연하게 하는 그녀였다. 물론 대학로 호프집에서 자신 있게 외친 주문이기에 그날 우린 붉은 양념을 곱게 입은 수줍은 치킨을 무사히 마주할 수 있었다.

　　아나운서로 입사한 첫 직장의 동료 여자 아나운서

　　　　　　　　5장 다시, 봄

는 한술 더 뜨는 재주꾼이었다. 당시 프롬프터를 쓸 수 없는 날이었는데, 마침 생방송 뉴스를 맡았던 그녀는 앵커 멘트를 외우고 청산유수처럼 풀어내다 마지막 문장에서 순간 움찔했다. 이내 평정심을 찾더니 이렇게 마지막 멘트를 날렸다.

"우리 경제에… 물통이 터졌습니다."

냉동실에 넣어두고 깜박한 캔 맥주도 아니고, 느닷없이 뭐가 터졌다는 건지. 스튜디오 밖에 있던 모두는 정확히 3초의 정적 후 일제히 웃음을 터트렸다. '숨통이 트이다'와 '물꼬가 터지다' 사이에서 길을 잃은 모양이었다.

신입 아나운서 시절의 나 역시 다르지 않았다. 그날도 뉴스를 전하며 프롬프터를 사용하지 못하는 날이었다. 앵커의 리드 멘트를 하고 기자의 이름을 외쳐야 하는데 돌연 멍해졌다. 이내 이렇게 말하고 말았다. "보도에, 연사…춘 기잡니다." 아뿔싸! 그 선배의 이름은 '연사숙'이었다. 고모나 이모도 아닌 여자 선배를 '사춘'이라고 부르다니, '춘자'도 아니고…. 선배는 넓

관계의 맛, 신뢰 한 스푼 진심 두 스푼

은 아량으로 웃으며 괜찮다고 했지만, 뵐 때마다 사과를 하지 않을 수 없었다.

회사를 옮겨 맡게 된 시사 정치 프로그램의 파트너가 된 K는 방송에선 똑 부러지는 재원이었다. 하지만 일상에서 마주한 그녀는 나와 스무고개를 하곤 했다. 답을 내는 쪽은 항상 나였다.

"선배, 그거 뭐였죠? 그거! 아, 왜 지난번 다녀간 출연자가 말한 그거요."

으레 대화는 이렇게 이어졌다. 비슷한 일이 반복되자 술 때문이 아니냐고 서로 사뭇 진지하게 고민하기도 했다. 차라리 '양말 치킨'이든 '물통'이든 실언이라도 하는 편이 나았다. 내 머리에 지진을 일으키고 머리카락을 쥐어뜯게 한 후에야, 우리는 망각의 습지에서 간신히 답을 건지고는 안도했다.

이후 저녁 종합뉴스에서 만난 결이 같은 또 다른 후배 Y는 불혹의 어딘가를 지나는 친구였다. 나이가 들면 어느 순간부터 자신이 구사하고자 하는 단어를 젊은 날처럼 적확한 표현으로 내어 놓지 못한다. 정도의 차이지 모든 이들의 공통점이다. Y가 그날 한 말은 이랬다. "에어컨을 끄면 춥고, 아니다. 에어컨을…. 선배, 뭔 말인지 알죠?" 장마철 습한 날씨였다. 그러하니, "에어컨을 켜면 춥고, 끄면 끈적거리네요."라고 말하려 했던 것이리라.

앞선 사례들은 일상에서 흔히 연출되는 유쾌한 해프닝일 뿐이다. 언어학적으로 보면 표현력의 한계이거나 신경학적으로 보면 사고의 단절이라는 무서운 진단을 내릴지도 모른다. 술이 잦다면 알코올성 치매를 의심해 봐야 한다. 물론 가능성은 희박하다. 자연스레 세월의 바람으로 부식된 우리 사고에 가끔 공백이 생기는 것일 뿐, 소화력이 떨어져 배에 가스가 차듯 말이다.

'탁'하면 '척' 알아듣고, '콩떡' 같이 말해도 '찰떡' 같이 알아듣는 재주에는 사실 배려가 숨겨져 있다. 말실수를 용인하고 너그럽게 받아들이는 자세, 그 말을 차분히 곱씹어 의도한 의미를 알아내는 성실함이 그것이다. 건강한 관계를 위해 우리가 장착해야 할 기술 중 하나다.

살다 보면 머릿속이 하얗게 돼 무슨 말을 해야 할

지 모를 때가 많다. 하려는 말의 의도는 명확하나 입이 따르지 않을 때는 그보다 더 잦다. 그럴 때 입바른 지적으로 바로잡기보다는 웃으며 넘기는 것이 묵은 관계를 맛있게 익어 가게 하고 행복하게 지속하는 비결 중 하나일지 모른다.

5장 다시, 봄

오지랖은
접어두는 것

마냥 철없어 보이던 글 쓰는 후배가 드라마 작가의 꿈이 멀어 보여 웹 소설로 돈을 벌겠다며 관련 학원에 등록했다. 고민을 토로하던 그에게 나는 하나에 집중해도 성공할까 말까 한 시대라고 꼰대질을 해댔다. 그의 반응은 의외였다. 화를 내지도, 그렇다고 내 충고를 받아들이지도 않았다. "형, 그냥 응원해 주면 안 돼…?" 그럴 수 없었다. 레드 오션의 길이라 생각했기 때문이다. 아니다. 차마 속으로 삼키고 말았지만, 나는 이렇게 말하고 싶었던 것 같다. "드라마 작가로 입봉도 못하고선, 돈이 된다고 하니 웹 소설을 쓰겠다고? 그건 쉬울

관계의 맛, 신뢰 한 스푼 진심 두 스푼

거 같니?"

왜 그랬을까. 왜 나는 그와 다르다고 생각했을까. 스스로 과신에 빠진 사람이 정신을 차리는 순간은 타인이 자신의 의견에 동의하지 않는다는 걸 깨닫는 순간이다. 20여 년을 방송만 해 오던 내가 무슨 근자감으로 글을 생업으로 삼는 수많은 작가들의 고뇌와 노력의 시간을 한낱 돈으로 치환해 버렸을까. 나의 오만함은 물론 오래가지 않았다. 호기롭게 시작한 글쓰기도 녹록치 않았지만, 실상 책이 서점 진열대에 오르기까지 벌 받는 거 아닌가 싶을 만큼 자존감에 큰 상처를 입고 스트레스로 몸까지 상했다.

어느 날 그 후배를 다시 만났다. 어딘지 모르게 전보다는 표정이 밝았다. 도리어 어두운 낯빛의 내가 술한 잔 취기를 빌려 미안했노라고 전했다. 내가 써 보니너의 마음을 이해하게 됐다고 말이다. 그때 녀석이 한말을 난 여전히 기억한다.

"형, 헤밍웨이가 힘들 때마다 스스로 다짐했대요. 오로지 할 일은 '진실한 한 문장'을 쓰는 것이라고. 우리 그렇게 해 봐요."

5장 다시, 봄

겉옷의 앞자락이 크면 안에 갖춰 입은 예쁜 옷이 드러나지 못한다. 타인의 고뇌를, 고민의 실체를 알지 못하면 어줍잖은 나의 이야기로 그의 번뇌를 덮어버리는 누를 범하게 된다. 언어는 때로 명확히 기브 앤 테이크의 법칙을 따른다. 묻지 않았음은 답을 구하지 않는다는 암묵적 신호인 경우가 많다.

시도 때도 없이 설파하는 개똥철학은 오지랖일 뿐이다. 옳은지 그른지 누가 알겠는가. 설익은 과일에 배앓이를 하듯, 어설픈 충고는 관계의 틈새만 벌려 놓을 뿐이다. 나의 것이, 나의 생각이, 내가 가진 경험만이 틀림없는 진실이라는 아집은 당신의 귀를 그리고 상대의 마음을 닫게 한다.

조언은 상대가 원할 때 지긋이 들어 주고, 함께 본질을 탐험해 주는 과정이다. 문제의 본질을 차분히 들여다볼 수 있도록 오지랖은 접어 두고 대신 앞섶을 환하게 열어 두자. 이를 통해 서로가 진실한 하나의 문장을 발견할지 누가 아는가.

소설가 고故 박상륭 선생은 자신의 작품들을 가리켜 일명 '뮑'론論이라 했다. '뮑'이라는 단어는 낯설고 다소 철학적 신조어지만 그 이면은 제법 명쾌하다. 인간 개개인의 '몸'은 하나의 우주이며 또 다른 우주인 '언어'를 통해 '마음'의 우주로 나아간다. 그 마음은 내 것일 수도, 말이 향하는 곳일 수도 있겠다. 오랜 시간 말로 먹고 살며 언어의 힘을 믿어온 내겐 이렇게 이해됐다.

수사학에서도 '몸'과 '말' 그리고 '맘'이 하나의 어원에서 출발했다고 본다. 물리적으로 떠올려 보면 조금 더 의미가 명확해진다. 인간이 소리를 낸다는 것은

5장 다시, 봄

메커니즘의 문제다. 공기를 들이쉬어 배에 가두었다가, 내뱉으며 성대를 울려 파장을 만들고, 이를 다시 입과 혀 등 조음기관을 통해 뜻을 입힌다. 우리는 마음의 생각을 몸이라는 도구를 통해 말이라는 구체적 신호로 세상에 내놓는 것이다.

또 다른 측면에서 소리는 인간의 영적인 영역과도 연결된다. 말은 한 사람의 영혼이다. 보이스 컨설턴트의 대가로 불린 아서 조세프는 "목소리는 정신, 육체, 영혼의 통합체다."라고 말했다. 한 사람의 소리는 그 영혼을 담고, 말은 그 위에 기술을 얹는 행위와 같다. 그래서 우리는 상대방이 내 말을 끊었을 때 당혹감을 넘어 불쾌감마저 느끼게 되는 것이다. 말을 자르고 나섬은 결국 상대의 몸과 마음 그리고 영혼에 상처를 남기는 칼을 품었기 때문이다.

마음의 생각이 몸이라는 도구를 통해 말이 되고, 그 언어는 공기 중에 파장으로 아주 잠시 존재한다. 우리의 달팽이관은 그 짧은 시간 파장으로 존재하는 신호를 다시 언어로 바꾸어 준다. 이 언어는 그를 접한 마음에 따라 해석된다. 몸이 다르니 소리가 다르고, 마음이 다르니 말이 다르다. 다른 소리와 마음에서 나온 언어를 동일한 의미로 해석할 수 없는 이유다.

　타인을 완전히 사랑할 수 있을지는 몰라도, 온전히 이해한다는 것은 애초에 불가능한 일인지 모른다. 말보다는 마음을 보고자 하는 노력이 결국 관계의 본질임도 여기에서 기인한다. 인간이라는 하나의 우주를 어찌 몇 번의 떨림으로 온전히 이해할 수 있겠는가. 누군가를 알아 간다는 것은 미지의 광활한 우주를 탐험하는 끝없는 여정인 것을. 그래서 현생의 만남을 몇 겁의 인연이라 하는지도 모른다.

5장 다시, 봄

가지치기의
미학

물만 주면 잘 자란다는 이야기에 덜컥 열대 관엽식물을 하나 들였다. 사무실에 두고 잘 키워 볼 요량이었다. '필로덴드론 바리에가타'라는 다소 난해한 학명의 외래종이었다. 이파리에 불규칙적인 산방무늬가 발현되는 매혹적인 녀석이었다. 심지어 이름이 '플로리다 뷰티'였다. 키우기로 마음먹은 이유도 그 예측 불가능한 치명적 매력에 있었다. 처음으로 들인 식물이니 식집사*까지는 아니더라도 한 번 잘 키워 보자고 생각했다.

습도가 중요하다 해서 가습기와 제습기도 들였다.

---

* '식물'과 '집사'를 합친 신조어로, 반려식물을 기르는 사람들을 가리키는 말

관계의 맛, 신뢰 한 스푼 진심 두 스푼

반지하라 빛이 약해 보여 식물용 조명도 비싸게 주고 2개나 달아 줬다. 빗물과 같은 성분이라는 영양제와 잎에 발라 주면 해충이 생기지 않는다는 오일까지 구비했다. 이건 뭐 배보다 배꼽이 큰 상황이 되었다.

나의 애정에 대한 보답이었을까. 며칠 지나지 않아 길쭉한 대가 잭의 콩나무마냥 쑤욱 올라오더니, 이게 또 조금씩 펴지며 새잎이 되는 게 아닌가. 신기하고 예뻤다. 어떤 얼굴을 방긋 내어 웃어 보일지 하는 기대감에 조바심이 일었다.

그러나 식집사의 길은 녹록하거나 로맨틱하지 않았다. 새로운 잎이 방긋 웃어 보이기 무섭게 기존 커다란 잎 한 장이 시름시름 앓기 시작했다. 윤기도 사라지고 그 고운 빛깔도 어느새 바랬다. 무작정 물이나 영양제를 주는 것이 답이 아니기에 베테랑에게 물었더니 잘라 주어야 한다고 말했다.

새로운 잎이 나오기 시작하면 기존 잎사귀 중 하나인 하엽下葉은 지기 시작한다는 것이다. 새 잎의 영양분을 빼앗고 줄기에 상해를 줄 수 있으니 일찌감치 잘라 내야 한다는 조언과 함께였다. 선배 식집사의 조언은 많은 것을 생각하게 했다. 그간 스쳐 간 인연과 관계들이 떠올랐다.

대학 동창의 부모님이 운영하시는 과수원에 농활

을 간 적이 있다. 가지마다 달린 열매에 봉지를 씌워 과수의 상처를 막고 당도를 올리는 작업을 위해서였다. 우리가 정오 무렵 도착했을 때, 친구의 아버지는 자신의 상체만 한 거대한 가위를 들고 무심히 가지를 쳐 내고 있었다. 열매가 달린 가지마저 처참히 바닥에 떨어지는 걸 보고 내가 물었다.

"어르신, 이제 조금만 기다리면 출하를 할 텐데. 왜 이렇게 많은 가지를 자르셨어요?"
"선택이지, 과실이 작거나 이미 상처가 난 애들은 상품성이 없거든. 실한 놈들을 위해 미리 잘라버려야 해!"

성숙의 단계를 거쳐 이미 기울어진 관계를 미련으로 무한정 끌고 가는 것은 어리석은 짓이다. 정리할 관계를 제때 끊어내지 못하면 시간을 고갈시키는 것에 그치지 않고 삶의 한 부분을 덩어리째 떼어 버리게 될지 모른다. 썩어 가는 발가락 하나를 살리기 위해 다리까지 내줄 수는 없는 노릇이다. 지금 놓지 못하는 관계가 있다면 진지하게 고민해 봐야 한다. 그것이 '집착'

인지 '사랑'인지를 말이다. 집착은 이기심이 바탕이다. 아무리 항행선(항상 행복을 선택하라)이 중요할지라도 자신의 행복이 곧 타인의 행복일 수는 없다. 진정으로 서로에게 행복을 주는 관계인지 성찰이 필요하다. 만일 어느 한 쪽이라도 그것이 고통이나 인내의 시간이라면 가지치기를 해야 할 때다. 아프더라도 끊어내야 한다.

한쪽의 일방적인 노력으로 관계가 유지되는가? 내가 혹은 상대가 관계 때문에 불행하다거나 고통을 느끼곤 하는가? 그렇다면 그 관계에 작별을 고해야 한다. 사심 없이 오롯하게 그 자체만으로 행복한 관계. 서로가 사랑과 존중을 주고받는 관계라는 데 의심이 없는 상태. 그 관계를 위해 내가 한 발짝 더 앞서 노력할 때 우리는 건강한 관계를 실천하게 된다. 가지치기의 미학은 진실하고 건강한 열매 맺음에 있다.

온수행을 보내고 석남까지 가는 지하철을 탈 때, 여름의 나는 지하철 승강장에 설치된 냉방 대기실에 잠시 머물며 땀을 식히곤 한다. 어느 날, 냉방 대기실 밖에 있는 의자에 누군가가 잠들어 있는 것을 보았다. 아주머니는 환갑 전후의 나이대인 것처럼 보였다. 나는 한참을 지켜보다가 '더운데 여기 들어와서 주무시지'라고 생각하며 열차에 올랐다. 그때까지도 아주머니는 깨지 않았다.

다음 날, 아주머니는 같은 시간 같은 자리에서 뭔가를 먹고 있었다. 역시 지하철은 타지 않았다. 타려는 의지조차 찾아볼 수 없었다. 마치 누군가를, 무엇인가를 기다리는 듯했다. 왜 지하철은 타지 않고 같은 복장에 짐도 그대로일까? 열차의 움직임을 따라 창밖으로 스치는 모습을 보며 또 다른 의문이 차올랐다.

며칠 후 다시 같은 상황을 마주한 나는 그제야 이유를 알 수 있었다. 두 걸음 옆에 에어컨이 만들어 준 천국이 있는데, 아주머니가 왜 밖에 앉아 있는지 말이다. 이유는 냉방 대기실과 의자 사이에 놓여 있던 쓰레기통이었다. 아주머니의 행색으로 봐서는 노숙을 하는 게 아닌가 싶었다. 그분의 목적은 더위로부터의 도피가 아닌 배고픔에서의 자유였다. 코로나 팬데믹을 겪으며, 먹던 음식이나 음료를 쓰레기통에 버리고 타는 사람들이 늘었다. 그 역사는 한강 뚝섬유원지로 바로 연결되다 보니 유독 버려지는 음식도 많았다. 아주머니가 드시던 음식의 출처였다.

15분에 한 번 오는 열차에 올라타서 한참을 생각했다. '남이 버린 음식을 먹을지언정 바로 옆 냉방 쉼터는 왜 이용하지 않으실까?' 나는 다음에 아주머니와 마주하면 기필코 묻겠다고 다짐했다. 그리 길지 않은 기다림 뒤에 그날이 찾아왔다.

내 직업이 직업인지라 처음 만나는 각계 인사들과 인터뷰를 하는 삶이 일상이었으니, 말을 거는 것이 수월했는지도 모른다. 하지만 나의 궁금증은 오랜 경험에서 오는 자연스러운 행동이 아니었다. 그분이 나의 부모를, 그리고 떠나신 조부모들을 떠올리게 했기 때문이었다. 최대한 정중하게 그녀에게 물었다.

"어머님, 여기 들어가시면 시원해요. 제가 짐 들어 드릴까요?"
"아니야. 씻지도 못해 냄새나는데, 저 좁은 곳에 내가 있으면 분명 다른 사람들이 못 들어올 거야. 이 짐도 자리를 차지할 거고. 난 괜찮으니 들어가요."

나의 오지랖 중 유독 주변 사람들에게 한 소리 듣는 버릇이 있다. 어머니 연배의 어르신들이 고기를 구워 주시는 식당에 가면 항상 몰래 만 원을 드리곤 한다. 내 지갑 속 현금은 종종 초콜릿이나 꽃을 파는 어머님들 혹은 지하철 역사의 한구석에서 땅콩이나 껌을 팔고 앉아 계신 할머니들을 위한 것이었다. 이를 본 친구들은 다양한 표현으로 핀잔을 주곤 했다.

관계의 맛, 신뢰 한 스푼 진심 두 스푼

'연민 피로'라는 심리학 용어가 있다. 불행한 이들을 대하면서 그들의 감정에 자신의 감정도 감염되기를 반복하다가, 심지어 우울함까지 느끼는 현상이다. 내가 전하는 만 원 지폐는 그것에 지배되지 않기 위해 지불하는 예방 접종이었을지 모른다. 그럼에도 내 삶이 생각보다 자주 비슷한 외부적 요인에 좌우됨을 부정할 수 없다. 그날 우연히 진행한 승강장 인터뷰는 그런 내게 수많은 방송에서 만난 출연자들이 주지 못한 새로운 깨달음을 주었다.

　그 아주머니는 자신의 처지와 상황에서 최소한의 예의를 지키며 살고 있었다. 물론 그것이 최고의 삶은 아닐 것이다. 버려진 음식을 먹고 지하철 의자에서 쪽잠을 청할지언정 타인에게 줄 피해를 먼저 생각하신 것이다. 노숙자들은 정신적으로 피폐하고 물리적 걸림돌이 된다는 사회적 편견과는 사뭇 다른 행동이다.

　마음이 시켜서 하는 행동을 이성으로 온전히 다 막을 수는 없다. 하지만 적어도 어려운 이들을 연민에 앞서 이해의 눈으로 바라보려는 작은 배려는 충분히 가능하다. 어느 영화 속 대사처럼 "가슴이 내리는 명령을 따를 것인지, 머리로 판단할 것인지"는 선택의 문제가 아니다. 가슴의 명령을 따르되 그 감정에 스스로가 매몰되지 않는 균형감이 필요하다. 우리 모두가 스스로의 감정을 갉아 풍화시키는 마음 속 회오리를 누르고, 잔잔한 호수 같은 평정심으로 약자를 바라볼 수 있기를. 또한 불행에 마주설 수 있게 되기를.

관계의 맛, 신뢰 한 스푼 진심 두 스푼

연골을
지켜라

1시간짜리 정치 시사 프로그램에는 가끔 다양한 분야 전문가들이 출연한다. 명절 특집 같은 개념이라고 보면 된다. 백색의 수염을 휘날리는 명리학 도사부터 투지를 북돋는 결혼정보회사 대표까지, 나름 명절에 특화된 주제를 들고 오는 손님들이 대부분이다. 어느 해에는 부모님들 건강과 관련해 한 전문의가 출연했다.

그날 주제는 '관절 건강'이었다. 긴장을 많이 한 의사는 생방송 내내 안절부절못했다. 자연스레 답변이 짧아졌고, 이내 준비한 질문을 모두 소진하고 시간을 메워야 하는 상황이 왔다. 말 그대로 애드립의 시간이다. "요즘 등산이 유행인데, 무리한 등반으로 인공 관절 수술 환자가 늘었다고요?" 회사를 떠난 전 팀장의 일화가 떠올라 질문했는데, 돌연 뜬금없는 반문이 돌아왔다.

"앵커님, 혹시 두바이에 있는 세계 최고 높이 건물인 '부르즈 할리파' 아시죠? 그런 초고층 건물을 지을 때 가장 중요하게 고려하는 요소가 뭔지 아세요?"

"글쎄요. 아무래도 안전 아닐까요?"

"바로 관절입니다."

예상치 못한 전개에 나는 적잖이 당황했지만, 순간 다른 출연자로 교체된 것이 아닌가 하는 착각이 들 정도로 자신감을 보이는 그의 얘기를 좀 더 들어봤다.

"건물이 높아질수록 당연히 위험도 커지죠. 하중도 증가하고, 바람의 영향도 많이 받게 되니까요. 이때 가장 필요한 것이 유연함입니다. 각 층마다 여분의 범퍼 공간을 줍니다. 무너지지 않는 비결이죠. 사람도 마찬가지예요. 키와 체구에 상관없이 인체는 뼈마디가 쌓아 올려 진 건물과 다를 바 없죠. 심지어 막 걷고 뛰잖아요. 뼈와 뼈 사이에 놓인 연골이라는 녀석이 완충작용과 더불어 윤활 작용까지 겸하게 됩니다. 이게 없다면 어찌 될까요? 무너지고 맙니다."

그러고 보니 '관절'과 '관계'는 모두 빗장 관關자를 쓴다. 서로의 관계에 빗장을 치는 행위를 경계하라는 의미일까. 마찬가지로 인간의 관절에는 움직일 수 있는 것과 없는 것이 있는데, 후자에는 모두 연골이라는 고리가 존재한다. 실로 꿰매듯 서로 다른 뼈를 부드럽게 묶어 두는 것이다.

방송 말미에는 건축학자를 모신 게 아닌지 오해마저 들었지만, 앞서 준비된 질문 때와는 전혀 다른 사람인 듯 남은 방송은 매끄럽게 진행됐다. 끝으로 시청자들에게 명절 인사를 부탁하자, 그는 이렇게 갈음하고 들어올 때보다 2배는 커진 모습으로 위풍당당하게 스튜디오에서 퇴장했다.

"여러분, 명절을 맞아 오랜만에 가족과 친지들 만나셨죠? 혈육 개개인도 결국에는 하나의 관계라 볼 수 있습니다. 앞서 제가 인간의 관절이나 건물의 층간에 적절한 거리와 공간이 중요하다고 했죠. 그 공간은 서로를 유기적으로 잡아 주면서도 매끄럽고 또 적당히 푹신해야 할 겁니다. 관계도 마찬가지가 아닐까 싶어요. 무리하게 서로의 고지를 오르려다 상처받거나 아픔을 겪지 마세요. 여러분 모두가 건강한 연골을 재생하는 시간이 되길 응원합니다."

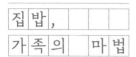

집밥, 가족의 마법

갈등을 겪는 부부들을 상담해 주는 프로그램이었다. 부인의 우울증이 심해지면서 남편은 음식을 포장해 와서 아침을 먹는다고 했다. 늦은 퇴근 후엔 배달 앱으로 어떤 음식을 주문할지 묻는 부인의 모습이 그려졌다. 남편의 불만 어린 표정에서 말다툼이 시작됐고, 급기야 부인이 이렇게 소리치며 대화는 끊긴다.

"내가 밥 하려고 결혼했어?"

맞는 말이다. 그럼에도 난 같이 마주 앉아 밥을 먹

는 두 사람에게서 희망을 봤다. 단지 같이 먹는다는 그 행동 하나에서.

'식구'는 먹을 식食에 입 구口자를 쓴다. '한 집에서 함께 살면서 끼니를 같이 하는 사이'라는 뜻이다. 왠지 가족이라는 표현보다 더 정겹고 친밀하게 느껴진다. 삶이란 어쩌면 행복에 앞서 생존에 더 가까이 있어서일까. 무언가를 같이 먹는 행위는 문명의 발달 이전인 고대 시대부터 인간에게 의식과 같은 중요한 문제였다.

고대의 어느 벽화에는 큰 항아리를 사이에 두고 마주 앉은 두 사람이 빨대를 꽂고 무언가를 마시는 장면이 등장한다. 인류 최초의 술로 추정하는 맥주다. '마시는 빵'이라 불리며 막걸리처럼 노동주로도 활용된 맥주는 고대인들에게는 일종의 음식이었다. '맥주의 고향'으로 불리는 이집트에선 피라미드 건설에 동원된 일꾼들에게 하루 4리터 가량의 맥주를 제공했다고 전해진다.

그러하니 두 사람이 마주 앉아 맥주를 마시는 행위는 함께 밥을 먹는 것과 같다. 동시에 같은 음식을 먹으며 독이 들어있지 않다는 것을 확인한다. 이는 서로가 친구라는 뜻이다. 오랜 벗은 아닐지라도 두 부족 간 동맹과 평화를 상징한다. 적어도 상대의 등에 칼을 꽂지 않겠다는 다짐이기도 하다.

현대인들이 건배를 하는 행위도 같은 맥락에서 해석된다. 대항해 시대에 위스키는 선원들에게 생명수와 같았다. 오랜 항해에서 상하지 않는 물의 역할을 했으니 생존에 필수였다. 그들은 교역을 위해 낯선 사람들을 만났을 때 마주 앉아 술잔을 강하게 부딪쳤다. 잔에 담긴 술이 서로의 잔에 튀어 들어갈 정도로 격렬하게 돌진했다. 독을 탄 술이 아니라는 것을 서로 확인하는 통과의례였던 것이다.

코로나19를 거치며 위생 관념이 철저해지면서 사라진 문화인 '회식에서 잔을 돌려 술을 따라 주기'도 어쩌면 여기서 기인한 것일 수도 있겠다. 회식은 내 편을 확인하고 믿음을 다지는 일종의 의식을 치르는 자리니 말이다. 그러고 보니 '회식會食'이란 단어도 모여서 같이 음식을 먹는 행동을 의미하지 않는가.

음식을 두고 마주 앉은 관계는 서로에 대한 유대와 믿음을 전제로 한다. 앞서 말했던 프로그램의 남편이 집밥 타령을 했던 것은 단순히 여성의 본분을 다하라는 가부장적 사고의 발로가 아니었다. 남편은 어린 시절 다툼이 많았던 부모에 관한 이야기를 꺼냈다. 싸우는 모습이 보기 싫어 항상 저녁 시간은 집에서 나갔노라고, 그래서 엄마가 해 주는 집밥이 항상 그리웠다고 말이다. 유독 돌아가신 시어머니와 유대가 돈독했던 부인은 다시 집밥을 해서 먹자며 화해의 손길을 내밀었다. 부부 솔루션은 그렇게 화기애애하게 마무리됐다. 어머니가 해 주는 밥이 그리웠던 남편과 시어머니와 각별한 사이였던 며느리. 그 구심점이 사라진 지금, 과연 집밥이 그 역할을 충실히 해낼 수 있을까.

집밥을 그리워하거나 적어도 그것의 가치를 일찍 깨달은 이들에게는 가능한 이야기다. 내가 주말이면 음식을 직접 해서 부모와 식탁에 마주 앉는 이유도 같다. 남의 손을 빌린 음식일지라도 모여 앉아 함께 먹는 것만으로 충분하다. 간만에 오랜 친구에게 전화를 걸어야겠다. 저녁에 시간 있냐고, 만나서 밥 한 끼 하자고, 오랜만에 술도 한잔 힘껏 부딪혀 보자고. 밥은 삶이자 관계다.

해피엔드

삶의 절반은 말을 해서 밥 먹고 살았습니다. 방송인에게 있어 언어는 생계인 셈입니다. 그러하니 말의 무게를 누구보다 무겁게 받들고 살아야 했지만, 돌아보니 꼭 그렇진 못했습니다. '이야기꾼'으로 살기로 마음먹었지만, 제대로 된 이야기를 하는 사람이었는지 역시 되돌아보게 됩니다.

몇 해 전, 트로트 오디션을 연다며 모 방송사에서 출연 의향을 물어온 작가가 있었습니다. 한때 가수를 꿈꾸기도 했지만, 트로트라니…. 진지한 고민 없이 편견이 내린 결정을 따라 고사했습니다. 몇 년 사이 세상은 변했고, 트로트 전성시대를 맞았습니다. 피로감을 호소하는 사람들이 생길 정도로 우후죽순 프로그램이 기획됐고, 수많은 가수가 쏟아져 나왔습니다.

경연에서 인기를 끈 젊은 트로트 신예들은 엄청난 아줌마 부대를 이끄는 팬덤을 형성했습니다. 모 가수가 본인도 자기 콘서트 표를 구할 수 없다는 웃픈 농담을 할 정도로 대성황입니다. 오랜 무명의 시절을 마감하고 간절히 원하는 무대와 인기를 얻은 그들은 눈물을 흘리며 보답을 이야기하곤 했습니다.

방송을 갓 시작하던 때의 나를 되돌아봤습니다. 진실을 말하는 앵커가 되겠다고, 청취자의 슬픔과 기쁨을 함께하는 방송인이 되겠다고, 끊임없이 새로운 이야기를 수집하고 들려주는 이야기꾼이 되겠노라 다짐했었습니다. 일정 부분은 지켰고, 어떤 부분은 적당히 포기했으며, 아직 진행형인 약속들도 있습니다. 그렇게 20여 년이 흘렀습니다.

새롭게 도전해 트로트 무대에 선 가수가 되었다면 나는 과연 어떤 말을 했을까? 항상 질문을 하는 입장으로 살아온 저는 이런 상상을 하며 트로트 가수가 된 가상의 나에게 질문을 던져 봤습니다.

해피엔드

"많은 사랑을 받는 가수가 되셨는데, 대중 가수란 당신에게 어떤 의미인가요?"

"전 종교라고 생각합니다. 때로는 맹목적인 사랑과 믿음을 주시잖아요, 팬 분들이. 스스로가 종교가 되겠다는 의미가 아닌, 그런 측면에서 봤을 때 그 존재의 책임감을 말하는 겁니다."

"아, 그럼 어떤 가수로 대중에게 남고 싶으신가요?"

"적어도 사이비는 되지 말아야겠죠. 그분들의 믿음과 사랑을 지켜드리기 위해, 세상에서 마지막 노래를 하는 그 순간까지."

흔히 해피엔딩이라 말합니다. 인생의 해피엔딩은 과연 무엇일까요. 주인공이 죽거나 악인이 이기는 이야기는 흔치 않습니다. 사람들이 싫어하기 때문입니다. 아홉 번 지고도 한 번을 이기기 힘든 고단한 삶 속에서 굳이 확인하고 싶지 않은 게 새드엔딩입니다. 나이가 들수록 더 그런 듯합니다.

창작물 속 해피엔딩은 영원을 갈망합니다. "그래서 그들은 영원히 행복하게 살았답니다."라며 결말 맺기를 즐겨합니다. 자신과 자신을 바라보는 주변인들이 모두 받아들일 수 있는 행복한 결말이 모두가 원하는 것이기 때문일까요.

흔히 제3자의 입장에서 받아들이기 힘든 해피엔딩을 '메리배드엔딩'이라 합니다. 멀리서 봐도 가까이 들여다봐도 희극인 삶. 우리가 바라는 진정한 해피엔딩이 아닐는지요. 그러기 위해서는 내가, 그리고 나의 삶이 '진짜'여야만 합니다. 동화 속 주인공처럼 영원히 살 수는 없지만, 라스트 댄스는 진정 우리 자신의 행복을 위한 것이어야 합니다. 그것이 진정한 해피엔드일 테니까요.

찰리 채플린의 유명한 명언을 제 나름대로 살짝 비틀며 긴 이야기의 쉼표를 찍으려 합니다.

"인생은 멀리서 보는 이들에겐 메리배드엔딩일지 몰라도, 가까이서 살아낸 우리에겐 희극이었다."

참고 자료

들어가며

— 〈그림을 그립시다〉밥 로스의 대사는 아래의 기사에서 인용했다.
  온라인뉴스부, "참 쉽죠?" 밥로스가 아내를 여의고 남긴 명언, 아시아투데이,
  2021.01.03, https://www.asiatoday.co.kr/view.php?key=20210103001815432

1장 봄。희망을 말하면 희망이 보인다

희망은 볕뉘 같은 것

— 데이비드 O. 러셀, 〈실버라이닝 플레이북〉, 피트리치오 솔라타노 역(로버트 드니
  로), 2012

조연이라도 괜찮아

— 언어학자 노암 촘스키의 말은 1993년 9월, 데이비드 콕스웰과의 언론 인터뷰
  내용에서 가져왔다.

대도무문

— '대도무문' 관련 김영삼 전 대통령 일화는 아래의 기사 내용을 참고하여 구성했다.
  박유미, "대도무문, 고속도로엔 톨게이트 없다" 통역했더니 웃음, 중앙일보,
  2015.11.23, https://www.joongang.co.kr/article/19115511#home

황(黃)

— 메소포타미아 문명에 관한 내용은 아래 책을 참고하여 구성했다.
  캐롤 스트릭랜드, 《클릭, 서양미술사》, 김호경 역, 예경, 2012

여섯 자 몸의 생사는 세 치 혀에

— 법정 스님, 〈세 치의 혓바닥〉

— 요시프 브로즈 티토, 풀턴 쉰의 이야기는 아래 책을 참고하여 구성했다.
  SERICEO 콘텐츠팀, 《삼매경 두 번째 이야기》, 삼성경제연구소, 2013

한 걸음조차 내딛기 버거울 때
— 미야자키 하야오, 〈하울의 움직이는 성〉, 하울 역(기무라 타쿠야), 2004

언어의 무게
— 더 워쇼스키, 〈매트릭스〉, 네오 역(키아누 리브스), 1999

희망을 말하면 희망이 보인다
— 모리사와 아키오, 《무지개 곶의 찻집》, 이수미 역, 샘터, 2012
— 오기가미 나오코, 〈카모메 식당〉, 2006

희망은 능동태
— 제임스 스톡데일의 이야기는 아래의 책을 참고하여 구성했다.
  짐 콜린스, 《좋은 기업을 넘어 위대한 기업으로》, 이무열 역, 김영사, 2002

바람은 계산하는 것이 아니라
— 김지운, 〈달콤한 인생〉, 김선우 역(이병헌), 2004

2장 여름 ∘ 이야기는 사랑의 기억을 품고

사랑도 흥정이 되나요?
— 베르트랑 블리에, 〈사랑도 흥정이 되나요?〉, 다니엘라 역(모니카 벨루치), 2006

싫어해. 아니, 미워해
— 알지라 카스틸유, 《절벽에서 젖소를 떨어뜨린 이유》, 임소라 역, 좋은생각, 2007, 75쪽

적(赤)
— 마츠모토 레이지, 〈은하철도 999〉

사랑은 위대하고, 평화는 고귀하다
— 헤르만 헤세의 소설 《싯다르타》 인용문은 아래 기사에서 참고했다.
  허경은, [문화적 삶] "예술은 평화에 대한 갈망의 표현이다", 코리안드림타임 즈, 2017.09.01, https://www.kdtimes.kr/m/page/view.php?no=751

3장 가을 。 나의 행복, 나의 언어

온전히 나로 존재한다는 것
— 김봉한, 신승환, 〈들리나요?〉, 2020

항행선(恒幸選)
— 안도현, 《외롭고 높고 쓸쓸한》, 〈너에게 묻는다〉, 문학동네, 2004

죽은 이의 얼굴에 대고 든 밀랍 틀
— 다니엘 부어스틴, 《이미지와 환상》, 정태철 역, 사계절, 2004

회고 절정
— 알폰소 쿠아론, 〈그레비티〉, 라이언 스톤 역(산드라 블록), 2013

행복한 이기주의자
— 원숭이와 관련한 실험의 연구 내용은 아래 책에서 참고하여 구성했다.
  알렉스 보즈, 《위험한 호기심》, 김명주 역, 한겨레출판, 2008

독창성에 관하여
— 아리스토텔레스의 《변론술》 관련 내용은 아래 책에서 참고해 구성했다.
  다카하시 겐타로, 《지지 않는 대화》, 라이스케이커, 2016

4장 겨울 。 찰나의 말 그리고 삶

가마 타고 와서 상여 타고 가는 것
— KBS 다큐ON 추석기획, 〈무섬마을 꽃가마〉, 2022.09.09

인간은 상상으로 비겁해진다
— 신한솔, 〈싸움의 기술〉, 오판수 역(백윤식), 2006

누가 영원히 살기를 원하는가
— 닐 조단, 〈뱀파이어와의 인터뷰〉, 루이 역(브래드 피트), 1994
— 러셀 멀케이, 〈하이랜더〉, 헤더 맥로드 역(비티 에드니), 1990
— 크리스토퍼 놀란, 〈다크 나이트 라이즈〉, 2012

5장 다시, 봄 。 관계의 맛, 신뢰 한 스푼 진심 두 스푼

쓰는 인간에 대하여
— 어니스트 헤밍웨이, 《파리는 날마다 축제》, 주순애 역, 이숲, 2012
— 장강명, 《책, 이게 뭐라고》, 아르테, 2020, 144쪽

미소를 짓다
— 프리츠 스트랙의 실험은 아래의 책을 참고했다.
　이소라, 《그림으로 읽는 생생 심리학》, 그리고책, 2008

눈을 보고 말해요
— 아서 조세프의 말은 아래 책에서 인용했다.
　아서 조세프, 《보컬 파워》, 유리타 역, 다산라이프, 35쪽

제주 태경장에서
— 박노해, 《걷는 독서》, 느린걸음, 2021

거울 속 자신과의 대화
— 할 어스너의 실험 내용은 아래 기사에서 참고하여 구성했다.
　가상 노후 모습 보면 저축 의지 높아진다, LA중앙일보, 2010.09.24, https://
　news.koreadaily.com/2010/09/23/economy/economygeneral/1090604.html

시절 언어

초판 1쇄 발행 2023년 12월 13일

지은이 김준호
펴낸이 박영미
펴낸곳 포르체

책임편집 김다예
마케팅 김채원 정은주
디자인 황규성

출판신고 2020년 7월 20일 제2020-000103호
전화 02-6083-0128 | 팩스 02-6008-0126
이메일 porchetogo@gmail.com
포스트 https://m.post.naver.com/porche_book
인스타그램 www.instagram.com/porche_book

여러분의 소중한 원고를 보내주세요.
porchetogo@gmail.com